Alain Cognard

ITI

nouvelles

Les Éditions Québecor

Données de catalogage avant publication (Canada)

Cognard, Alain, 1945 –

ITI

ISBN   2-7640-0097-9

I. Sans-abri   I. Titre.

PS8555.0295I84 1996 C843'.54   C96-940380-1
PS9555.0295I84 1996
PQ3919.2.C63I84 1996

LES ÉDITIONS QUEBECOR
7, chemin Bates
Bureau 100
Outremont (Québec)
H2V 1A6
Tél.: (514) 270-1746

© 1996, Les Éditions Quebecor
Dépôt légal, 2e trimestre 1996

Bibliothèque nationale du Québec
Bibliothèque nationale du Canada
ISBN: 2-7640-0097-9

Éditeur: Jacques Simard
Coordonnatrice à la production: Dianne Rioux
Conception de la page couverture: Bernard Langlois
Photo de la page couverture: Masterfile
Révision: Francine St-Jean
Correction d'épreuves: Sylvie Massariol
Impression: Imprimerie L'Éclaireur

À Dominique

Préface

Dans la vie, il y a deux sortes de gens.

Il y a ceux qui s'écroulent devant un obstacle et ceux qui se relèvent les manches et qui travaillent deux fois plus fort pour vaincre et pour gagner.

Je fais partie de la seconde catégorie, car j'ai toujours joué pour gagner.

Il n'est pas plus difficile d'aller de l'avant que de reculer. C'est une question d'attitude et de confiance en soi.

La peur de l'échec est le pire ennemi de l'homme.

Pour vaincre la peur, il suffit bien souvent de prendre les événements comme ils se présentent, c'est-à-dire jour après jour, une étape à la fois.

Quiconque a compris ce principe est capable de passer à travers toutes les épreuves et les difficultés rencontrées sur son chemin.

L'ouvrage de l'écrivain Alain Cognard est significatif et il pourra démontrer que nos seules limites sont celles que nous nous imposons.

Sans vouloir faire un jeu de mots avec son nom, je dirai que, pour vaincre les obstacles de la vie, il faut être capable de cogner fort et ne jamais baisser les bras. Alain Cognard nous montre la voie.

Mais l'auteur ne nous expliquera ici qu'une partie de l'histoire des décrocheurs de la vie et on ne retrouvera dans ses pages que la moitié du dénouement final.

C'est chacun de ceux qui liront ce livre et qui prendront en main leur destinée qui écriront la conclusion réelle de ce qu'est la vie d'un décrocheur.

Comme l'a dit le président John F. Kennedy: «Ne regardons pas ce que nous avons accompli, mais regardons plutôt ce qu'il reste à accomplir.» La vie est là pour être saisie, sachons comprendre cette seule réalité.

Pierre Péladeau

Avant-propos

Les dogmes de la droite républicaine, principalement aux États-Unis, mais aussi au Canada, en France et en Italie, se sont frayé un chemin dans les sociétés les plus tolérantes.

L'État ne pourrait plus aider autant les pauvres, entend-on même au sommet de Copenhague consacré à la pauvreté. Les pauvres doivent s'aider eux-mêmes, travailler, vivre avec moins, s'organiser et même préparer leur rentrée dans le monde.

Notre société apparaît comme l'unique mode de vie sur terre, basé sur la croissance démographique, la propriété foncière et la primauté de l'État. Tout doit rentrer dans le moule.

On oublie que cette organisation sociale est à l'origine de l'exclusion. Cette dernière n'est pas une tare intellectuelle ou physique, mais une incapacité de l'âme à agir de la manière prescrite.

Que cette incapacité soit exprimée par la parole ou par le comportement, qu'elle soit folie ou rébellion, nous importe peu. Tout acte porte en lui-même sa signification sans qu'il soit nécessaire d'y adjoindre un langage. Le fait que la population itinérante, ainsi d'ailleurs que la population qui vit d'un revenu minimum ou de l'aide sociale, ait doublé en quelques années dans tous les pays occidentaux est significatif: il s'agit d'un problème de société, et non pas seulement d'un problème individuel.

Notre organisation sociale a accaparé pratiquement toutes les activités humaines. Même le domaine des arts lui est réservé. N'est artiste, scientifique, poète, que ceux qui sont perchés sur un barreau de l'échelle. Les autres ne sont rien. Les forêts, les ressources naturelles, le silence, l'art, le commerce, rien ne peut plus être accessible à un individu ou à un groupe, sauf dans le cadre déjà défini. Un clochard, c'est un voyageur sédentaire, c'est le campeur du 50ᵉ étage.

La terre, l'air, l'eau, l'habitat ainsi que les autres espèces animales ou végétales, tout est soumis. L'exclu ne peut pas avoir d'intimité, de silence, de sécurité. Parfois même, l'intelligence lui échappe: nous nous imaginons que les pauvres sont non seulement au bas de l'échelle sociale, mais qu'ils sont aussi des sous-doués. Tout cela nous appartient désormais et nous n'en avons pas laissé pour les autres. Quand nous abandonnons un lac ou une terre, c'est parce qu'il est trop sale ou trop dangereux.

Or, il se trouve que l'exclusion, comme la maladie, sont des miroirs grossissants. Toutes deux analysent notre vie et en font ressortir la beauté comme le ridicule. Qui d'entre nous n'a jamais été ému par le monologue d'un clochard qui décompense sur le quai du métro?

Les clochards nous ressemblent tellement que nous ne pouvons les voir. Ils sont ce que nous pourrions devenir, le symbole de notre fragilité.

Nous admirons pourtant aujourd'hui des scientifiques, des poètes et des peintres que nous avions rejetés autrefois. Sans aucun doute, nous ferons encore la même chose. Nous sommes persuadés qu'un gueux ne peut rien nous apprendre, qu'il n'a pas de valeur, qu'il est inférieur, qu'il n'a pas d'âme.

Mais c'est en couchant dehors que les exclus nous rappellent aux valeurs les plus fondamentales sans dire un seul mot. Même si nous croyons de plus en plus avoir inventé la manière de vivre absolue, nous ne pouvons pas encore nous payer le luxe d'éliminer tous nos déviants.

Nous les cachons, nous les repoussons toujours hors du chemin. Nous ne pouvons supporter ce désordre, cette poussière que nous avons envoyée sous le tapis. Nous voudrions oublier la futilité de notre quête de la richesse, de notre course contre le temps, de notre conquête de l'univers, de notre sérieux qui s'accommode du pire sans le voir. L'exclusion, c'est la guerre à domicile, une guerre silencieuse.

Nos sociétés ont le devoir d'aider les exclus. Non seulement les aider à revenir parmi nous – ce qui est souhaitable pour le renouvellement des idées et pour le développement de notre sensibilité –, mais les assister dans leur exclusion, leur redonner des lieux pour vivre, pour dormir, pour ne plus entendre nos bruits, ceux que nous produisons quand nous sommes chez eux, dans la rue.

C'est notre responsabilité première de ne pas tolérer que nos semblables couchent dehors, été comme hiver, même quand nos animaux refusent de sortir. Manquons-nous à ce point de sérieux dans nos idéaux?

Ce n'est pas aux particuliers de donner, mais à l'État. C'est lui qui doit soigner, garantir à chacun une décence en rapport avec notre richesse. L'État a des devoirs moraux. Il n'est pas là seulement pour construire des routes et pour enlever la neige, mais aussi pour veiller à ce que tout un chacun puisse manger, boire, dormir, rêver et se faire soigner les plaies du voyage avec dignité, qu'il participe ou pas à l'effort collectif. Sinon, c'est l'État lui-même qui perdra ce qui lui reste de dignité.

I T I

Hibernia

Une forme dessinée au fusain était assise sur un banc du parc. Elle avait le haut du corps fortement penché vers la droite. Ses bras croisés, posés sur le haut du dossier, l'empêchaient de s'allonger complètement.

Les autres marchaient vite sur le trottoir. Il faisait très froid, -22 °C, disait-on, sans compter le facteur de refroidissement dû au vent. Les arbres étaient gris; le temps, l'air, l'atmosphère, même les vêtements des passants semblaient gris, comme si les couleurs avaient disparu. La forme et son banc se détachaient sur la neige qui fondait la terre et le ciel sur un seul plan.

Une dame passa, pressée elle aussi. Un enfant la suivait à quelques mètres, ce qui forçait la dame à se retourner constamment d'un geste vif qui montrait son mécontentement. L'enfant se laissait alors porter par la brise et rattrapait d'un bond l'écart des générations.

Quand l'enfant passa à côté du banc, il dut déplacer un peu d'air, faire un bruit qui fit glisser la forme sur le siège. L'enfant alla voir immédiatement ce qui s'était passé, puis il appela sa mère qui fit d'abord un geste d'impatience, se ravisa, puis marcha dans sa direction.

La forme fit quelques grands gestes gauches, comme pour indiquer qu'elle n'avait cure de la présence de la dame, ce qui la fit tomber de son banc. Quand elle se releva, son visage se crispa et devint menaçant. Debout, elle ressemblait à un obus, la tête engoncée dans le col d'un manteau gonflé par plusieurs épaisseurs de pull-overs et de journaux. La forme retomba lourdement sur le banc, assise, la tête cherchant désespérément un appui. Elle ne prit pas la peine de ramasser les deux couvertures trouées qui l'avaient suivie dans sa chute et qui traînaient à terre. Son menton s'enfouit brusquement dans l'échancrure de son manteau et elle se figea comme de la cire.

La dame avança la tête en se courbant, ses pieds restant à bonne distance du banc. Tous les traits de son visage changèrent en même temps comme dans une image de synthèse. Elle avait paru soulagée quand la forme s'était mise à bouger, mais maintenant son immobilité l'inquiétait.

Elle se détourna, prit son fils par le bras. Elle regarda autour d'elle, comme pour trouver de l'aide, et son hésitation à arrêter un passant traduisait son impuissance: que feraient-ils de la forme? Son regard n'avait accroché personne. Les passants allaient leur chemin. La dame refit le tour de l'horizon mais, cette fois-ci, d'une manière imperceptiblement différente. Un observateur avisé aurait décelé un coup d'œil plus furtif, comme si la dame avait été à la recherche d'un regard témoin qui l'aurait contrainte à agir.

Elle se baissa pour parler à son fils, fit un pas en direction de la forme, mais revint aussitôt à sa position initiale. Elle ne pouvait se résoudre à y toucher. Un contact aurait pu créer une obligation d'assistance, sembla-t-elle penser. Elle se pencha de nouveau vers l'enfant, réarrangea sa tuque, puis secoua sa main pour lui signifier d'avancer.

Le couple s'éloigna. L'enfant se retourna plusieurs fois, mais l'épaisseur de ses vêtements ne lui permettait pas de tourner la tête suffisamment. Sa mère ne l'avait pas lâché et le tirait de temps en temps, lui faisant faire de curieux petits sauts pour rattraper le retard qu'il prenait sur elle.

Le lendemain matin, la dame alla réveiller son enfant. Elle mit de l'eau à bouillir pour le café et se rendit comme chaque matin au bout de son couloir, resserra les pans de son peignoir. Elle ouvrit la porte de son appartement et prit le journal qu'on lui avait livré quelques heures plus tôt. Elle sursauta en lisant le titre:

**Une femme morte de froid
sur un banc du parc Lafontaine.**

Qui va essuyer les plâtres?

L'odeur de la rue, après cette pluie d'été, est merveilleuse. Le soleil la dissipe doucement tandis que je marche vers le terrain que j'avais repéré la veille. Deux bulldozers l'avaient vidé des matériaux de démolition et avaient aplati le reste des débris. Une clôture l'entourait le soir même. Il flotte encore une odeur de bois brûlé et de goudron.

Sur le mur de la maison adjacente, on peut voir les fantômes des appartements disparus: le bleu d'une chambre à coucher, le rose d'une salle de bains, le blanc noirci des marches d'escalier. C'est comme si la maison avait perdu une dimension, en se retrouvant imprimée sur celle d'à côté. Une scène d'Hiroshima au ralenti. Il est même des senteurs anciennes de ces vies écourtées qui persistent, malgré la puissance de l'exhalaison du jus des matériaux.

Un regard furtif m'a permis de voir de vieilles planches de bois, des vieux bidons et quelques autres matériaux entassés dans un coin. Je me sens l'âme de Robinson Crusoé.

Arrivé devant ma lande, j'en fais le tour. Pas de monde dans la rue, seulement quelques étudiants pressés. Pas de police, pas de gardien. Je me faufile entre les panneaux de la palissade et les replace soigneusement. Voilà mon domaine.

Je sors mon calepin et un crayon, et je note ce dont je vais avoir besoin. Je me sens l'âme d'un nouveau propriétaire. J'écris: «du carton» et je me rends compte que j'ai les deux pieds dans la boue. Du même coup, je sens l'odeur de plâtre mouillé. Je me fais un jeu de mots: qui va essuyer les plâtres? En fait, c'est plus une odeur de poubelle qui domine, une odeur omniprésente dans les rues, parfois envahie par le parfum d'une dame ou la fumée d'un camion.

De la tôle, du métal ou du plastique pour le toit, de la colle, des clous, du tissu, un tuyau de métal, une scie, un marteau... La liste est provisoire, mais déjà longue.

Je sais où je peux trouver ce dont j'ai besoin. Je connais les poubelles de la ville par cœur, les industrielles, les particulières, les riches, les généreuses, les séraphines. Je n'ai qu'à errer quelques heures dans les ruelles pour trouver tout le bois nécessaire, et je sais déjà où me procurer la colle, le plastique et le métal. Pour le marteau et la scie, il va falloir inventer.

On fait des rencontres inattendues en faisant les poubelles: un photographe qui ramasse, tous les vendredis, des morceaux de cuirette pour regarnir ses appareils, des écoliers qui cherchent des bouteilles à revendre. Parfois, nous sommes cinq à fouiller la même poubelle: le ramasseur de canettes, un touriste, un affamé, un expert, puis les éboueurs, agacés par nos recherches successives.

«Les canettes» n'est connu que par ce surnom que nous lui avons donné. Il ne prend que les boîtes d'aluminium et les jette dans un énorme sac transparent qu'il traîne toute la journée. Le touriste repart, honteux, avec un objet dans la main. Quand il nous voit, il lâche sa poubelle, comme s'il pensait qu'elle nous appartient, qu'il nous volait notre part.

L'affamé, c'est un autre genre. Jamais je ne mangerai quelque chose qui sort d'une poubelle. Il y a entre nous et entre nos deux conditions un degré de magnitude. Jamais je ne tomberai aussi bas. Autrefois, quand il y avait encore des faisans sur le mont Royal et qu'il était possible de faire un feu, il n'y avait pas de fond au tonneau mais, aujourd'hui, il y en a un: manger dans les poubelles.

Puis, il m'arrive de rencontrer le spécialiste, l'expert. Jos, c'est celui qui cherche des objets qu'il va pouvoir revendre à des *pawnshops* ou aux antiquaires du quartier. Il raconte qu'il a déjà vendu des objets pour vingt dollars qui ont été revendus pour deux cents par la boutique. Je me dis que les gens jettent plus volontiers une œuvre d'art qu'ils ont trouvée qu'une bricole qu'ils ont achetée dans un magasin.

* * *

Quelques heures plus tard, la nuit tombée, je reviens travailler sur mon terrain. J'installe les planches pour en faire une cabane. Je pose sur le sol des panneaux de bois récupérés sur un chantier pour former une sorte de caillebottis que je recouvre de carton. J'ai assez de couvertures pour me tenir au chaud. Une fois le toit terminé, je me couche sans boire. «Voilà une journée de faite», me dis-je, reprenant une expression de ma mère.

Le lendemain matin, je me réveille avec les bruits de la rue. Le monde entier passe à moins d'un mètre de ma tête sans me voir. Une mère chuchote à son enfant.

– Comment ça? Tu ne m'avais pas dit que tu avais un travail à faire!

À travers une fente dans la palissade, je reconnais l'expression gênée de l'enfant.

Je me demande ce qui le fait marcher, lui. Moi, je n'ai plus de ressort. Je veux toujours rebâtir, mais c'est par nécessité. Dès qu'il faut affronter le vivant, je me rebiffe. J'ose à peine survivre et, le pire, c'est que rien ne m'intéresse. Ni l'argent, ni les autos, ni les travaux, sauf ceux qui font passer le temps. J'ai l'impression d'être transparent.

Les autobus font un bruit de tonnerre. Je me rase, sans eau, comme cela, brutalement, en colère, à cause de mon infortune. J'ai toujours sur moi un morceau de papier hygiénique, pour l'appliquer sur les coupures. Je veux conserver une bonne apparence. J'ai honte d'être dans la rue. Je sais bien que je ne trompe personne à cause des cicatrices sur mon visage, mais je suis habillé comme si j'allais au bureau. Il m'arrive de croiser des gens que j'ai connus. J'ai toujours l'impression qu'ils ne me reconnaissent pas mais, en général, je m'arrange pour qu'ils ne me voient pas et ils me le rendent bien. Quelques-uns pourtant détournent le regard avec une fraction de seconde de retard et m'empêchent d'oublier que je suis remarquable d'une manière qui m'est infiniment douloureuse.

Je vais compléter mon installation et aller chercher tout ce que j'ai caché ailleurs: mon baluchon, ma fortune, mes dessins et mon livre.

Les jours passent. Je change mon plancher chaque soir. J'ai même trouvé une table et une chaise. Je me demande où je vais mettre le frigo et la télé... C'est ce sens de l'humour qui mesure ma détresse. Quand je ne me raconte plus de blagues, c'est que je ne vais pas bien. Aujourd'hui, je me suis payé une crème glacée au chocolat. Cela faisait cinq mois que j'en avais envie. Il faut profiter de la vie: cela pourrait être pire demain!

Il fait nuit. Il n'y a pas encore eu de neige, mais il fait vraiment froid ce soir. C'est la première fois, cet automne, que la nuit s'annonce rude. Je m'enroule dans plusieurs cartons. J'ai réussi à dormir une heure, puis une autre. Chacune me glace plus que la précédente. Chaque fois que je me réveille, j'ai l'impression de ne pas avoir dormi, mais d'imperceptibles variations dans les bruits de la rue, dans l'épaisseur de l'atmosphère, dans la profondeur du froid, m'indiquent avec précision la durée de mon sommeil.

Il doit être trois heures. Ça sent le brûlé. Pas cette odeur de feu de bois provenant d'une cheminée, mais cette odeur de maison qui brûle. Moins de deux minutes plus tard, un camion d'incendie arrive. Je ne veux pas me lever, mais je sens qu'une sorte de fébrilité a gagné le quartier. Des gens parlent dehors, en plein milieu de la nuit.

Je me lève quand les pompiers entrent dans la maison voisine. En l'espace de quelques instants, tout le monde est sorti; quelques-uns serrent leur chat dans leurs bras, d'autres ont sauvé un souvenir précieux. J'ai quitté ma cabane et je suis maintenant debout sur le trottoir d'en face. Une fumée grise sort par toutes les fenêtres. Un pompier demande:

– Qu'est-ce qu'il y a à côté? montrant le toit de ma cabane.

– À côté, c'est un terrain vague. Il y a un robineux qui couche là, répond un quidam.

Je proteste intérieurement. Je ne suis pas robineux. Je ne bois pas, ou très peu. Je n'ai pas d'argent pour boire, je n'ai jamais réussi à gagner assez d'argent pour cela et si j'en avais gagné suffisamment, je l'aurais employé à autre chose!

Je ne crache pas sur les robineux. Boire, quand on est à court d'endorphines, ce n'est plus un luxe, c'est un pis-aller. Je n'ai aucun mérite à être sobre, mais eux ne méritent pas de blâme à s'oublier, c'est juste triste.

Le toit de la maison est en train de brûler. Un pompier au bout de son échelle frappe la couverture à coups de hache. Je me réchauffe à même l'incendie comme à un feu de camp. Ma propre maison est inondée. Je m'en vais.

Je reviens le lendemain, pour voir. La maison qui a brûlé a été rasée. Ma cabane est enfouie sous les gravats. De grandes langues de glace avancent jusqu'au bord du trottoir. Une odeur de feu arrosé a imprégné tout le voisinage. Je ris tout haut. Je me promène sur mon terrain en ramassant des morceaux d'objets que je traînais depuis des lustres: une brosse à dents redessinée par le feu, mon agrafeuse, souvenir d'une entreprise qui m'employait. J'en rejette quelques-uns, mais me surprends à en conserver d'autres, comme d'ultimes preuves d'un bonheur récent que je ne soupçonnais pas, et pour cause! Pour moi, le bonheur se mesure quand il est perdu.

Quelqu'un me regarde. Je viens de me dire que je n'étais pas assuré! Je viens aussi de me rendre compte que tout ce que je viens de raconter est resté dans ma tête. C'est à moi seul que je parle. Personne ne connaîtra jamais mon histoire.

Une nuit dans la vie d'Emmanuel

Le temps était détraqué. Même des scientifiques l'avouaient: 3 °C en ce mois de septembre, c'était inhabituel. Emmanuel, comme chaque automne, refaisait dans sa tête la liste des endroits où il pourrait se réfugier quand il ferait froid.

Se perdant dans la nuée de touristes français venus voir les baleines de Tadoussac et la deuxième ville française du monde, Emmanuel avait élu domicile dans un immeuble récemment rénové du Vieux-Montréal.

Durant les plus chaudes journées du mois d'août, il avait organisé quelques ripailles dans un petit hall d'entrée oublié à l'arrière du bâtiment. Cette entrée était fermée à clé et semblait inutilisée, mais il suffisait de glisser le crochet d'un cintre dans l'ouverture de la boîte à lettres et de tirer sur la barre pour ouvrir la porte.

Il était arrivé qu'Emmanuel puisse rester là une semaine entière jusqu'à ce qu'un résident de l'immeuble s'aperçoive de sa présence.

Emmanuel avait remarqué une autre entrée. Apparemment, elle ne servait qu'à des bureaux. Sa disposition particulière permettait de s'y cacher et d'y être enfermé lorsque le dernier employé sortait. Il avait compté au moins deux moyens. Une porte s'ouvrait sur un escalier conduisant au sous-sol. Il pouvait se cacher dans cet espace en attendant le départ du dernier avocat. Il aurait pu aller dormir dans la cave, chauffée, mais des résidents de l'immeuble y allaient le soir, pour y prendre du bois de chauffage, ranger un vélo, chercher une bouteille de vin.

Le second moyen était encore plus simple: il suffisait de se cacher dans un autre escalier qui montait, cette fois, vers l'étage supérieur. Cet escalier ne débouchait pas. Tout en haut, une cloison le condamnait.

Emmanuel était entré vers seize heures dans l'immeuble, poussé par le premier grand vent d'automne qui fait tomber des arbres les dernières feuilles jaunes et rouges. Aussitôt, il s'était installé tout en haut de l'escalier, adossé à la cloison. Il trimbalait avec lui un petit sac en papier brun dans lequel il avait conservé une chemise, un morceau de pain et un reste de pizza récupéré dans un restaurant du boulevard Saint-Laurent. Le restaurateur avait dû enlever la garniture de saucissons et de poivrons pour préparer une autre pizza plus fraîche et il lui avait donné la vieille croûte à laquelle des taches rouges allaient donner un peu de goût.

Emmanuel avait acheté un litre de vin blanc chez le dépanneur de la rue Saint-Paul. Il détestait ce dépanneur coréen, mais c'était le seul qui avait accepté de lui vendre le précieux alcool étant donné son état.

D'habitude, il achetait son vin sur la rue Notre-Dame, chez un autre coréen, plutôt gentil celui-là, qui parlait français comme un chinois dans un vieux film, mais qui venait de l'éconduire en lui conseillant d'aller se coucher.

Vers dix-sept heures, Emmanuel reconnut le bal habituel des employés vers les toilettes. La porte ne cessait de claquer et il entendait chaque fois le son clinquant d'un crochet que l'on referme et que l'on ouvre. Puis, le bruit de la serrure de la porte extérieure se fit entendre et Emmanuel reconnut les pas de la secrétaire qui s'éloignait.

Il descendit quelques marches pour rejoindre le petit palier à mi-étage et s'assura qu'il ne pouvait être vu de la rue ou des personnes entrant du côté des résidences opposé à l'entrée des bureaux. Alors, il commença à boire une première goulée de vin qui le réchauffa. Presque tout de suite, une brûlure intense lui fit porter la main droite à l'estomac. Une sorte d'ulcère, pensa-t-il, en massant le point douloureux. Il connaissait le remède: manger immédiatement un morceau de pain et attendre quelques minutes. Des idées bizarres tournaient dans sa tête. Il songeait qu'il n'avait pas utilisé de verre depuis des années, puis il se demanda pourquoi il achetait du vin blanc puisque le rouge ne provoquait pas de telles douleurs.

Pour diminuer le mal, il mordit, désabusé, dans sa croûte de pain. Une infinie tristesse s'empara de lui. Il but plusieurs autres gorgées et sentit le sommeil le gagner. Péniblement, il rangea sa bouteille sur le côté, s'allongea et s'endormit comme une bûche.

Quand il se réveilla, la nuit n'était pas tombée; il n'était donc pas plus de vingt heures. Un homme s'agitait devant la porte vitrée qui donnait sur la rue, puis se baissa pour la déverrouiller. Emmanuel referma les yeux. Comment avait-il fait pour le découvrir? Il remarqua, à cet instant, qu'il avait oublié, au pied de l'escalier et bien visible de l'extérieur, son sac de papier brun duquel dépassait sa chemise en vichy.

L'autre lui parla, d'abord doucement, puis de plus en plus fort, comme s'il eût voulu le réveiller. Emmanuel fit semblant de sortir de sa torpeur et poussa un grognement. L'autre lui demanda de partir. Emmanuel répondit par un geste violent du bras pour lui signifier de le laisser.

L'homme sortit dans la rue et discuta avec une autre personne. Emmanuel eut l'impression de s'être rendormi à ce moment. Quelques minutes plus tard, deux policiers entrèrent, suivis par l'homme qui l'avait découvert.

Il reconnaissait l'un d'eux qui l'avait raccompagné plusieurs fois dans des centres d'hébergement durant l'hiver précédent. Il se frotta les yeux en prenant son temps. Il avait déjà oublié qu'il avait joué cette scène quelques minutes auparavant.

En fait, il était complètement soûl, comme si l'effet de l'alcool, suspendu pendant son sommeil, venait lui reprendre toutes ses forces. Sa bouteille était maintenant vide. Il se releva à grand-peine. Emmanuel se rendit compte le dernier qu'il baignait dans un jus malodorant qui tenait les policiers à une distance respectable. Il surprit le geste de l'un d'eux qui se pinçait le nez. Emmanuel ne se rappelait plus vraiment s'il avait pissé et se sentit confus, honteux et en colère de s'être encore fait prendre dans une situation aussi humiliante. Pourtant, la simple odeur du vin renversé sur son pantalon aurait suffi à réveiller des remugles enfouis dans les profondeurs du tissu.

L'un des flics, celui qu'il connaissait, expliqua à l'homme qu'il ne pouvait se servir de ses deux bras.

— Des fractures mal réparées, précisa-t-il.

Il ajouta qu'il entendait, mais qu'il ne pouvait parler autrement que par grognements.

— Je crois que la colonne vertébrale a été atteinte.

— Pourquoi? demanda l'homme.

— On ne sait pas, peut-être une opération... Il y a plusieurs versions.

Emmanuel remua. Il se souleva en s'appuyant sur un poignet, puis se mit péniblement debout aidé par le flic qui le connaissait, l'autre ne pouvant visiblement pas surmonter sa répugnance. Emmanuel sourit. Son odeur l'aidait à affirmer son indépendance.

Puis il sortit, accompagné des trois autres. Les flics le suivirent quelques instants dans leur véhicule en remontant le boulevard Saint-Laurent en même temps que lui, puis ils accélérèrent après une centaine de mètres. Emmanuel s'arrêta un instant pour les laisser filer, puis il repartit en sens inverse. Il avait oublié son sac. Il n'y tenait pas, mais à la faveur de la nuit, il pouvait retourner se coucher dans une autre entrée du même immeuble. Peut-être qu'on ne le découvrirait pas, peut-être que les flics appelés une autre fois ne viendraient pas...

Il se rendormit immédiatement, étalé de tout son long sur la banquette de skaï qui décorait le hall des résidences. Il était parvenu à entrer en rattrapant la porte au vol après qu'une personne fut sortie en trombe de l'immeuble. Si tout allait bien, les gens passeraient devant lui en maugréant, mais personne ne le toucherait: il puait trop. Il avait enfin senti son odeur après avoir absorbé un bol d'air frais lorsque les flics l'avaient raccompagné. Ce recul lui avait permis de constater que le nez pouvait s'accoutumer aux plus terribles effluves.

Quand il ouvrit les yeux, il retrouva devant lui l'homme, celui qui était allé chercher la police.

– Sors! Écoute, les gens n'arrêtent pas de m'appeler, tu ne peux pas rester.

Une femme se tenait en arrière de l'homme, à quelques mètres, et il l'entendait lui prodiguer des conseils.

– Appelle la police. Ils vont venir le déplacer. Ils les raccompagnent dans des endroits exprès pour eux.

L'homme lui fit signe qu'elle pouvait partir, qu'il allait s'occuper de tout. Un gros bonhomme arriva en soufflant et tint le même langage, avant de disparaître dans l'ascenseur.

– On paye pour le nettoyage!... Appelle la police.

Emmanuel suivit l'ascension du gros bonhomme sur l'indicateur d'étage. De longues secondes passèrent, arrachées au temps, ce qui donnait à Emmanuel l'impression que tout cela pouvait s'arrêter, que son malheur aurait pu ne pas exister. Il profitait de cet ultime moment de confort en regardant fixement l'homme de l'immeuble qui résuma:

– Bon, tu vois, si tu ne te trouves pas un autre endroit, tu ne pourras pas dormir. En plus, ici, il y a des gens qui rentrent toute la nuit, c'est vendredi!

Emmanuel fit signe que oui. Il avait oublié d'un seul coup ses gestes agressifs. Il demandait de rester malgré tout. Il n'avait pas envie de bouger. Il voulait la paix, que tout s'arrête, que les autres cessent de faire leur devoir, de jouer leur rôle, qu'ils lui cèdent une concession pour la nuit dans ce bout d'immeuble. Il lui semblait que les gestes qu'il mimait étaient assez désespérés pour être compris.

– Non, les gens vont appeler la police. Tu ne resteras pas dix minutes!

Emmanuel fit encore signe que oui et indiqua qu'il voulait dormir, avec un pauvre geste de ses bras infirmes, comme l'aurait fait un enfant pour suggérer le sommeil.

L'homme parlementa avec lui en répétant toujours les mêmes mots. Il fit mine de se rapprocher pour lui prendre le bras, mais Emmanuel se rebiffa en oscillant du tronc d'un geste brusque et sans équivoque.

La conversation dura encore grâce à de longs silences qui donnaient de la gravité à chaque phrase, puis Emmanuel se dit qu'il allait se trouver autre chose, un autre endroit pour passer la nuit. L'homme lui proposa la Mission, un organisme d'hébergement situé près de l'autoroute Ville-Marie.

— Là, tu n'as pas besoin de prendre une douche.

Ce n'était pas tout à fait vrai. On pouvait manger et dormir sans être obligé de se laver, mais dans son état, personne ne l'accepterait. Il fit encore signe que non. Emmanuel marcha jusque dans la rue, escorté par l'homme. Il lui fit signe de partir, qu'il irait tout seul, mais l'homme répondit qu'ils pouvaient marcher ensemble.

Ils avancèrent de conserve pendant quelques instants, puis l'homme s'arrêta pour prendre son vélo. Il sortit une clé de sa poche, ouvrit le cadenas. Emmanuel l'attendit. L'homme avait jeté quelques coups d'œil furtifs dans sa direction, comme on fait quand on veut se faire suivre par un animal, et Emmanuel l'avait attendu sans bien savoir pourquoi. Se ressaisissant, il fit à nouveau signe à l'homme de partir avec son vélo, mais l'autre ne l'écouta pas et marcha à côté de sa bicyclette. Ils marchaient ensemble maintenant, lentement.

— Tu ne veux pas aller à la Mission?

— On-on-hon!

— Pourquoi?

Emmanuel haussa les épaules.

— Tu le connais, le policier?

– Hon...

– Ils sont gentils, non?

Emmanuel hocha la tête de droite à gauche.

– Pourtant, ils te raccompagnent. Celui que tu connais n'est pas méchant...

Emmanuel fit signe que non, puis il sourit.

Emmanuel n'était pas sûr, mais il avait cru voir l'homme s'essuyer les yeux discrètement. Il pouvait lire dans les visages cette pitié stérile et contradictoire, celle qui permettait à tous ces passants de le regarder sans le voir, d'éprouver en même temps de la tristesse et de l'intolérance, pratiquant ainsi l'une de ces pirouettes salutaires qui nous permettent d'affronter l'horreur quotidienne et de la soutenir.

Ils arrivèrent bientôt en face de la Mission. Emmanuel se pencha pour revoir les lumières des gratte-ciel et l'étrange petite pagode du Holiday Inn. Son regard accrocha les poutrelles de béton de l'autoroute Ville-Marie. La semaine passée, son vieux copain était allé nicher sur l'une d'elles. La police, les pompiers, les ambulances, tout le monde était là. Un flic avait rampé sur la poutrelle, à vingt mètres de hauteur, pour le raisonner. Son vieux copain Blondinet, celui-là même qui avait prélevé des boutures de coca dans une serre du Jardin botanique pour les replanter sur un terrain vague, celui qui connaissait les plantes par leur nom, Blondinet n'en pouvait plus.

L'homme demanda:

– Alors, tu veux y aller ou pas?

Emmanuel le regarda dans les yeux. Il fit signe que
oui. L'homme s'approcha de la porte. Emmanuel lui
indiqua la sonnette, sur le côté. L'homme sonna et dit
quelques mots à la personne qui ouvrit la porte.
Soulagé, l'homme vit le manteau d'Emmanuel, surmonté d'une chevelure grise, franchir le seuil de la
porte. Il soupira et fit un signe en direction d'Emmanuel
qui ne le vit pas. L'homme remonta sur son vélo.

Alaska, c'est exquis

Coucher sous les wagons. C'est devenu une obsession. Depuis une semaine, je fais du camping dans les parcs. Je dors n'importe où et je suis dérangé par la police la nuit, et le jour par la foule, par le bruit. Quand on perd sa maison, on perd le silence. Il n'existe pas d'endroit calme dehors. Les oreilles sont constamment sollicitées. Dans la rue, dans les centres commerciaux, la musak, les climatiseurs, les pompes, l'électricité, les gens, orchestrent un bruit continu. La plupart de ceux qui fréquentent ces lieux ne s'en aperçoivent pas parce qu'ils finissent par rentrer chez eux, au calme. Le soir venu, ils ne comprennent même pas que l'agacement qu'ils éprouvent envers leur conjoint et leurs enfants est la conséquence de cette agression permanente.

Il y a le bruit et il y a la présence, l'omniprésence des autres. Même le plus vague des terrains est perpétuellement traversé, exploré, fouillé par quelqu'un. Nulle place où cacher quelque chose qui ne sera très vite découvert. Paradoxe: un vieux veston de sans-abri oublié dans un buisson a bien plus de chance de se faire découvrir qu'un gueux allongé contre un mur. Et le sentiment de pitié est parfois plus vif à la vue d'un vêtement élimé qu'à celle d'un exclu anonyme. Nous, ils ne nous voient pas et quand ils nous voient, ils nous regardent comme si nous étions transparents. Leur regard passe.

L'idée des wagons m'est venue lorsque je descendais le boulevard Saint-Laurent. Je venais justement de cacher mon baluchon sous l'un de ces fameux wagons. J'y place cinq ou six boîtes de sardines d'avance, du pain, des vêtements de rechange et deux livres. Les sardines, je peux les ouvrir sans ouvre-boîte, et c'est pour éviter la soupe populaire, quand je n'ai plus rien à manger. Je ne pourrais jamais m'asseoir à l'une de ces grandes tables, aux côtés de robineux. Je n'ai pas de contact avec les autres itinérants; je m'isole, je m'éloigne. Je ne veux surtout pas devenir comme eux. Je ne suis pas un clochard, je n'ai simplement pas de logement. Je ne veux pas fréquenter le circuit de l'itinérance. Personne ne veut mourir.

Sur le coup, je n'avais pas compris que cet endroit était idéal pour dormir. Peut-être une certaine appréhension, une crainte m'avait empêché d'y penser. Ces enfants qui ont tué un clochard en France, d'autres, ici ou là-bas, en Russie, qui leur donnent des coups de pied... Je regarde la télé, parfois, à la vitrine d'un magasin, pendant deux minutes, et cela me suffit pour avoir en tête les images de tout un siècle!

En fait, personne ne venait jamais ici. Ce matin, j'avais tout de même vu un vieux manteau oublié dans l'un des wagons, mais je n'étais pas inquiet, jamais personne n'aurait pu trouver mon sac.

Je le cachais dans le système d'attache d'un des wagons, de telle manière qu'il ne puisse être vu, même par une personne qui serait en dessous du wagon. Il aurait fallu qu'elle le cherche expressément.

Ce n'est pas facile de trouver un endroit où déposer ses affaires. Inutile de demander à quelqu'un: ils ont peur. Ils pensent qu'il y a des bombes ou des coquerelles dans mon sac. Les gens sont drôles, ils se donnent toutes sortes de raisons pour justifier leur conduite. Hier encore, je demande vingt-cinq cents à une fille qui me répond:

– J'ai des gants.

– T'as des gants, et alors?

– Bien, avec mes gants, je ne peux pas prendre ma monnaie.

Peut-être bien qu'elle avait peur de sortir un gros billet en même temps que la pièce, parce que ses doigts gantés manquaient de précision. Ce n'est pas le fait de donner vingt-cinq cents qui est douloureux, c'est seulement le contact, la liaison. Personne ne veut avoir affaire à un exclu, même quand cela ne coûte rien. Le pire, pour moi, c'est de devoir accepter des mensonges pour réponse, comme «Je n'ai pas de monnaie» quand mon œil a vu une poche gonflée avant même que je fasse ma demande.

J'ai couché quelques nuits sous mon wagon. Mais la dernière fois, il a plu. Au début, j'étais bien abrité, mais rapidement l'eau a commencé à gicler partout et à me mouiller. Mon petit carnet de croquis était trempé. Je suis entré dans le wagon, mais je n'ai pas aimé ça. Coucher au-dessous d'un wagon, c'est la liberté. À l'intérieur, c'est la misère.

Le lendemain, je fais mon entrée dans un centre d'accueil. La perte de mon carnet m'avait rendu comme les autres, sans but, abasourdi.

J'ai eu l'impression d'avoir atteint le fond du tonneau, du moins celui de mon tonneau. Plus bas, je ne pourrais jamais.

Les travailleurs sociaux te disent quoi faire en toute occasion, dans les moindres détails. Mieux: ils présument que tu agis toujours de la mauvaise manière, que tu es sale, que tu ne comprends pas. Ce n'est plus toi qui décides, tu ne t'appartiens plus. C'est comme un lavage de cerveau. Ils vont te remettre sur pied, il faut que tu leur donnes ton âme. Brûle tout ce que tu as adoré. Impossible de choisir parmi leurs conseils ceux qui te conviennent. Alors, il faut tenir, conserver son indépendance intérieure, mais c'est dur, et cela devient vite une obsession. On ne peut pas vivre de trop petits espoirs.

Je suis monté au deuxième étage, là où l'on place ceux qui se réhabilitent. Mais j'en suis descendu rapidement. Un jour, je me suis enfermé dans ma chambre, j'étais gelé. Les autres sont venus frapper à ma porte pour que je sorte: il paraît que lorsqu'un pensionnaire s'enferme, c'est parce qu'il a fumé. Attirés par le ramdam, les intervenants sont venus voir. J'ai avoué. Il a fallu que je parte.

De toute façon, ces gens-là avaient tellement l'impression de détenir l'unique vérité que la mienne n'avait plus assez de place. Je ne suis pas un véritable itinérant et, même si j'en étais un, je n'écouterais pas leurs conseils. Ils veulent que tu sois comme eux. En détruisant tes idées, ils croient que tu vas quitter la rue, mais c'est pire, tu ne sais plus où tu en es.

Et puis, je me sentais un peu coupable d'avoir baisé avec Anita, une fille qui était entrée dans ma chambre sans attendre une offre qui ne serait jamais venue. Je préfère la paralysie des émotions à la dé-gringolade, au refus. Pour m'avoir, il faut mettre le paquet.

— Tu es fou, m'avait dit un compagnon.

Mais Anita se collait contre moi, elle voulait que l'on baise tout de suite. Je n'avais pas serré de seins dans mes mains depuis des mois et je n'avais pas vu de femme complètement nue depuis des années. Il ne faut pas laisser tourner la chance.

Je suis retourné voir mes wagons. Le terrain était détrempé. Les ordures mouillées avaient un air misé-rable. Il y a des ordures partout, à Montréal. Dès qu'il y a un terrain libre, il est immédiatement sali.

Aujourd'hui, je reçois mon chèque de l'aide so-ciale, c'est le plus beau jour du mois, c'est la fin de l'indifférence qui m'habite tous les autres jours: c'est le jour de l'achat d'un cube de hasch.

En redescendant sur le boulevard Saint-Laurent, je rencontre un peintre. En le voyant, j'ai tout de suite su qu'il était peintre. Il porte un long manteau par-dessus un t-shirt, une chemise de bûcheron et un chandail de laine. Tous ces vêtements n'arrivent pas à combattre ce grand froid intérieur qui l'habite. Il n'a même pas chaud.

Il m'a invité à prendre un café chez lui. Il y a des toiles partout. À côté de sa cuisinière à deux éléments, sous l'évier, sur la table, contre les murs. Elles ont ces couleurs saturées que l'on retrouve dans les peintures bon marché des magasins Rossy et dans les paysages nordiques, et le dessin est admirable. Je l'envie. Je lui dis ce que je pense. Il me répond par des critiques qui me touchent comme s'il m'avait démontré que je ne connaissais rien à la peinture.

– De toute façon, j'aime cela, lui dis-je.

André me raconte ses trois ans en Alaska, à peindre, à se promener dans les villages en payant ses dépenses avec sa peinture. Mais ici, il est découragé, jette ses toiles, ne trouve plus les couleurs, quête la moindre nourriture, *hobo* sédentaire.

Quand je le quitte, ma confiance en moi est revenue. Je me rends dans un centre d'emploi où je récolte un travail. En fait, ce n'est pas un travail, mais un programme du gouvernement. Et je vais pouvoir aller habiter dans l'appartement à côté de chez ma mère.

En attendant mon premier chèque du programme gouvernemental, je vais à l'assistance sociale chercher du secours. Avec ce chèque, j'achète quelques tubes et des pinceaux. Ma mère me fournit toujours en carton qu'elle récupère là où elle travaille.

Je passe les jours suivants à couvrir les cartons de noir. Je les vois gondoler. Je continue de peindre. Une fois que c'est fini, je jette tout cela à la poubelle. Pourtant, je voyais mes peintures parfaitement dans le fond de ma tête. Là, je ne les vois plus du tout, tout est laid, et je perds des heures à regarder mon travail se désagréger. Où sont donc les couleurs que j'avais dans la tête? On dirait que tout est décoloré, fade, grisâtre. Je ne peux m'empêcher de songer aux phosphènes que Dali provoquait en se pressant les globes oculaires. La couleur n'est-elle qu'une illusion?

J'ai l'impression d'avoir perdu des journées. Je ne serai jamais un vrai peintre, je n'ai même pas de quoi acheter les toiles.

Le lundi suivant, je commence à travailler. Ce n'est pas ce que je croyais. Je ne fais que porter des morceaux de bois à la personne qui les assemble. Moi, je ne fais rien, seulement porter du bois. Je demande un travail plus intéressant, sans succès. Trois jours plus tard, j'abandonne. Je vais perdre une bonne partie de mon chèque pour avoir refusé de travailler. Je préviens ma mère que je m'en vais. Pas d'argent, pas de loyer. Si je ne paie pas le loyer, elle ne peut pas payer l'hypothèque. Peut-être qu'elle le louera à quelqu'un d'autre.

Je n'ose pas retourner au centre d'accueil. Je descends au centre-ville, du côté des Foufounes électriques. Il y a un terrain vague où les punks se réunissent, le soir.

Je vais quêter. Mendier, c'est transgresser l'ordre établi a dit l'abbé Pierre à la télé. Je ne la regarde pas souvent, mais chaque fois, je tombe sur quelque chose d'important. La première fois que j'ai tendu la main, c'est comme si j'avais traversé une ligne, comme le début d'une déchéance. Un jour, une personne qui m'avait connu lorsque j'étais journaliste vint vers moi.

Je ne pus m'empêcher de détourner le regard et de rentrer mes mains dans mes poches. La tête me bourdonnait, je l'entendis faiblement prononcer mon nom, et je la laissai repartir sans lui parler.

C'est extraordinaire, cette chute. C'est comme si soudain il nous était devenu possible d'observer le monde à travers un miroir sans tain. Plus de préjugés, tous les circuits imprimés dans la tête ont sauté. Je retourne voir André. Il est content de me voir. Il me révèle, plus qu'il ne me le dit, que plusieurs de ses toiles se trouvent dans des galeries.

– Tu as tourné, me dit-il, employant le vocabulaire des hippies des années soixante. Tu as décroché. Tu vas voir, tu vas te sentir mieux.

Puis, il commence à peindre mon portrait sur une toile neuve. Nous passons ainsi deux jours, moi à parler et lui à peindre. Deux fois par jour, il descend chez l'Italien qui lui remet des spaghettis sans sauce. La toile terminée, il me l'offre. Je suis vraiment heureux de le voir aussi fier d'avoir enfin réalisé une œuvre qu'il ne détruira pas. Nous nous quittons dans une ambiance sereine, comme si nous avions accordé nos pensées.

J'ai curieusement l'impression que ma déchéance vient de s'arrêter. Je suis remonté de la misère à la pauvreté. En marchant, je regarde de temps à autre mon petit portrait. Et plus je le regarde, plus je vois qu'André m'a donné des traits que je n'avais jamais vus. Je m'arrête près d'une camionnette pour me regarder dans le rétroviseur. André a bien raison, c'est vrai que je suis comme cela. Je fais un petit saut de joie, comme un chat. Je regarde encore mon portrait. J'ai tout perdu, mais je suis quelqu'un! C'est la phrase qui s'est construite toute seule dans ma pensée.

Je descends au «bloc», au centre-ville. Le long du terrain, près des Foufs, quelques punks aux cheveux colorés sont en train de se rouler une cigarette. Une fille m'offre un joint. Je tire une fois dessus et je le lui rends. Je ramasse quelques cartons pas trop sales qui traînent sur le terrain, les étale par terre et je m'étends dessus. J'en ai gardé un pour me couvrir. Je souris et je m'endors en tenant mon tableau.

La peur du vide

Ce que j'apprécie le plus dans la nature sauvage, c'est qu'elle est anonyme. Dès qu'un chalet se pose sur le bord d'un lac, c'est jusqu'à son image qui lui est volée par un, puis par des dizaines de propriétaires. Quelques années encore, puis c'est l'aqueduc, les fils, tous les fils, les voitures, l'asphalte, qui viennent cancériser ce coin de pays.

Je parle en connaissance de cause: j'ai vécu cinq ans au bord d'un lac, en plein bois, et vous ne pourriez même pas trouver l'endroit où je dormais: il n'en reste plus aucune trace. Pourtant, pendant deux ans, j'ai piraté le téléphone et l'électricité en me branchant directement sur les fils. Puis, je me suis mis à détester ces fils, ces poteaux, et surtout à ne plus en avoir besoin et je me suis débranché. À ce moment, j'ai eu l'impression de me délivrer d'un esclavage, comme lorsqu'on arrête de fumer et que l'on se trouve stupide d'avoir transporté dans sa poche, ou coincée dans une manche relevée, une petite boîte de carton remplie de poison.

— Arthur, tu penses trop me disent mes copains de la robine. Tu jongles, c'est pas bon, tu devrais rencontrer du monde.

Je ne suis pas un itinérant, mais je voyage beaucoup. Aujourd'hui, les mendiants ne voyagent plus. J'ai traversé plusieurs fois le Canada, je suis allé au Sénégal et au Kenya. Le monde, je l'ai rencontré. C'est vrai que j'ai déjà eu envie de mourir, souvent même, mais ma curiosité encore inassouvie m'oblige à vivre. En Afrique, on appelle les clochards «les fatigués» parce qu'ils n'ont plus de ressources ou parce qu'ils n'en ont jamais eu. Qu'est-ce qu'on fait pour aller travailler quand on est dans la misère? On va voir qui? On s'habille comment? On ne peut pas le savoir, puisqu'on est dans la misère, et la misère, ça empêche de dormir, ça empêche de s'en sortir, ça vous invente des défauts que l'on ne pensait pas avoir. Ça vous oblige à travailler toute une journée pour une vieille couverture et un hamburger.

Ce n'est pas mon problème. Je peux vivre n'importe où, s'il y a de la place. Ce n'est pas la lassitude qui m'éteint, mais le manque de liberté, l'absence de choix, une sorte de monoculture de l'esprit qui envahit le monde.

En ce moment, j'habite dans le Vieux-Montréal. Plus exactement dans le Vieux-Port, et, pour être précis, au bout et à gauche, en regardant le fleuve. Vous y voyez une cabane en bois qui domine le fleuve: c'est chez moi. L'hiver, elle est balayée par des bourrasques de neige. Tout l'été, les plus beaux bateaux défilent devant moi avant d'aller s'étendre le long des quais pour y attendre le printemps.

J'ai tellement défendu ma maison que je connais tous les employés du port. Ceux qui m'aiment et ceux qui sont jaloux, jaloux de la liberté que procure la pauvreté. Il faut ne pas savoir ce que l'on veut pour penser comme cela.

Au moins une fois par semaine, je vais manger à l'Accueil Bonneau, plus pour voir mes sœurs que pour manger. Nous avons, elles et moi, une vision commune du monde qui n'est pas basée sur le profit et l'accumulation des biens matériels, ni d'ailleurs sur la survie au jour le jour. Elles ont une fraîcheur, une naïveté qui ne s'émoussent pas avec l'âge. Leurs yeux se remettent à briller dès qu'elles voient une étincelle de vie scintiller quelque part. Je leur parle de mes voyages et elles me disent:

– Vous avez bien de la chance de voyager comme cela!

Cet automne est magnifique. Il est plus lent que les autres, il est comme les automnes doivent être, une sorte de crépuscule pour la nature, une préparation méticuleuse pour le printemps, une thésaurisation des richesses de l'été.

Je connais deux grands vents d'automne. Le premier arrache quelques feuilles colorées aux arbres. S'écoule une quinzaine, le temps devient plus froid, puis un vent épouvantable achève de dénuder les branches. Un soir, en rentrant, je m'aperçois que le toit de ma cabane s'est envolé. Je le répare comme je peux avant la nuit. Je me pelotonne sous mes couvertures. Au milieu de la nuit, le vent me réveille. Un vent dangereux qui emporte le reste de ma cabane en quelques minutes. Je n'ai plus de maison. Je vais dormir sur les grilles d'Hydro-Québec, qui ne sont pas encore envahies par les gens de la rue.

Le lendemain, je retourne constater les dégâts. Un panneau de ma cabane est resté bloqué contre une clôture, et le reste a disparu. Trois gardiens de sécurité arrivent presque en courant.

– Arthur, tu ne peux pas reconstruire ta cabane, me dit l'un d'eux.

– Tu serais mieux en face, à l'Accueil, dit un autre.

– Je sais où je serais mieux, dis-je. Et pourquoi je ne peux pas reconstruire?

– Ce n'est pas ton terrain, tu n'as pas le droit!

Je reviendrai. Quelques heures plus tard, je rapporte d'autres planches, que je laisse là en vue de refaire ma cabane le lendemain.

Quand je reviens, tout a encore disparu. Je vais voir les sœurs. La même journée, la moitié des robineux de l'Accueil et trois sœurs viennent m'appuyer auprès des autorités fédérales.

Rien n'y fait, je n'aurai plus de maison ici. Dans ma tête, je le savais. J'avais déjà décidé de partir. En me renvoyant, les autorités se sont de nouveau approprié le terrain. Bientôt, ils y mettront leurs marques, leurs blocs de ciment, leurs pancartes et ils empêcheront des êtres vivants d'y trouver refuge. Ils y feront construire quelque mobilier urbain pour les touristes ou y placeront quelques bacs à plantes qu'ils abriteront tout l'hiver dans une de leurs grandes serres... Moi, je serai loin.

Le lendemain, les sœurs, à qui je fais part de mon intention d'aller au Nouveau-Brunswick, me remettent une enveloppe un peu gonflée par les billets qu'elle doit contenir. J'ai déjà les yeux mouillés quand je la prends. Je l'ouvre. Il y a trois cents dollars.

— Ce n'est pas grand-chose, mais cela peut t'aider, Arthur, me dit sœur Agnès en serrant ma main.

Puis, la bonne sœur se retourne et appelle les autres du regard. Tout le monde s'approche pour me souhaiter bon voyage et faire quelques plaisanteries avant que les adieux ne prennent le dessus sur la joie de ce nouveau départ. Je passe la porte et je fais signe à un camionneur qui sort du port. Il s'arrête pour me faire monter.

— Je vais au Nouveau-Brunswick, lui dis-je.

Bilboquet

Cette journée-là, je m'étais levé avec une de ces tristesses qui vous habitent sans que vous sachiez pourquoi. Elle était peut-être l'effet d'un de ces produits chimiques fabriqués par le cerveau pour ses propres besoins, ou bien trahissait-elle le passage du fantôme de la mélancolie qui hante toujours les bonnes âmes.

Quoi qu'il en soit, j'étais triste, non pas à pleurer, mais tristounet, songeur. J'avais simplement répondu «rien» à ma compagne quand elle m'avait demandé ce que j'avais.

Craignant que la journée ne ressemble au matin, je m'étais résolument dirigé vers la montagne en sortant de chez moi. Montréal n'avait pas quitté ce climat tropical depuis que l'été avait vraiment commencé, le 19 juin. Dès que j'avais mis le nez dehors, je m'étais revu descendre d'un avion dans un aéroport du sud, étouffé par la moiteur de l'air.

Au milieu de la montagne, je dus ralentir, quelque peu essoufflé, mais surtout parce que j'avais besoin d'aller moins vite. Je voulais me débarrasser de cette accoutumance à la vitesse qui nous habille d'œillères.

J'aperçus, à ce moment précis, le cimetière Côte-des-Neiges. J'y avais tellement fait d'escapades, étudiant, quand nous avions, Paul et moi, loué notre premier logement, vite devenu une commune; j'y avais tellement subtilisé de pots de fleurs, plus ou moins abandonnés par les familles, que je décidai d'y entrer. Je faillis glisser pour avoir tourné trop vite le guidon de ma bicyclette, mais il n'y avait que les morts pour me voir, et quelques formes noires bien plus loin venues saluer les leurs et jardiner leurs tombes.

J'attachai mon vélo à une grille pour continuer à pied et marcher entre les marronniers, ramassant au besoin une grande feuille pour en éplucher le limbe afin d'obtenir un squelette de nervures comme je l'avais fait si souvent lorsque j'étais enfant.

Soudain, j'entendis des bruits inhabituels, des voix éraillées, des rires même. Le son se rapprochant, je décidai de m'y intéresser. Bientôt, à quelques mètres, des femmes et des hommes , mal habillés, marchaient en évoquant leur passé.

– Ah! Bilboquet, tu te rappelles quand il ramassait les pièces, chez le Grec, à quatre pattes!

– Une fois, il m'a dit qu'il avait trouvé vingt dollars, qu'il avait du reste remis au patron qui n'en avait pas voulu. «Tu nettoies le restaurant, tu gardes ce que tu trouves», lui avait répondu le Grec.

Le groupe bifurqua vers la droite. Je le suivis. Je pus voir d'autres personnes, d'apparence tout aussi bizarre, qui causaient en gesticulant près d'une tombe neuve dont les lettres d'or brillaient au soleil.

Je me sentis tout d'un coup prisonnier de ma curiosité. Je décidai de me mêler au groupe. Habillé comme je l'étais, je ne jurerais pas dans l'assemblée.

Une trentaine de personnes entouraient maintenant la tombe. Certaines s'étreignaient, d'autres se serraient la main en disant quelques mots. Mais la plupart du temps, c'étaient des questions qui s'échangeaient.

– Où l'as-tu connu, toi, Bilboquet?

Et chaque réponse, que je me plaisais à espionner, aurait pu, à elle seule, faire l'objet d'un récit séparé.

– Oh! moi, dit un clochard à la barbe joyeuse, je l'ai connu à Outremont! Je faisais une poubelle magnifique et Bilboquet me regardait. Quand je lui ai demandé s'il voulait ma photo, il m'a répondu: «C'est ma maison», en me montrant une énorme cabane.

Sur le coup, je me suis dit qu'il était fou, mais nous sommes redescendus ensemble au centre-ville. Je l'ai revu plus tard, et de plus en plus souvent. Il me parlait de sa vie, meilleure, disait-il, que celle qu'il avait autrefois vécue, mais plus douloureuse. Et toi?

– Ben moi, je l'ai connu chez le notaire!

– Chez le notaire?

– Chez le notaire! Je faisais souvent des commissions pour Panos, tu sais, celui qui a le restaurant sur la rue Duluth. Puis un jour, il y a peut-être deux ans de cela, je suis allé porter des papiers chez le notaire et Bilboquet en sortait. Nous nous sommes parlé, il m'a attendu, puis nous avons marché ensemble. Il m' a raconté une histoire à dormir debout...

– Sa maison?

– Ouais, sa maison, et tout le reste. Qu'il venait de faire un testament. Je l'ai pris pour un fou, il était aussi mal attifé que moi. Mais on entend tellement d'histoires de clochards qui ont de l'argent à la banque que je me suis dit que cela pouvait être vrai... Mais je ne le croyais pas. C'est comme la loterie: ça existe certainement, mais ce n'est jamais pour toi!

Je m'approchai de la tombe. Là où, d'habitude, les gens prient, se trouvaient une caisse de champagne et plusieurs petits pots de caviar dans une boîte remplie de glace concassée.

– Tu as reçu un carton d'invitation? demandait un homme à une femme.

– Ouais, à mon adresse, ricana-t-elle, au coin des rues Saint-Denis et Sainte-Catherine! Un type m'a remis une enveloppe. Chut! Attends, Charlotte va parler!

Une fille plutôt jolie, le visage marqué par plusieurs années difficiles, s'empara d'une bouteille et grimpa sur une caisse.

– Mes amis, dit-elle, à voix haute. Mes amis, répéta-t-elle après que la plupart des conversations se furent éteintes, Bilboquet m'a chargée de vous distribuer ce champagne et ce caviar.

Puis, elle fit sauter le bouchon de la première bouteille.

C'est seulement à cet instant que je me rendis compte que tout ces gens étaient des robineux, des gueux. Leurs gestes, auparavant civilisés, étaient maintenant empreints de cette fébrilité animale que nous montrent nos chats quand nous les nourrissons. Ils se ruèrent sur les coupes de champagne en cristal que leur tendait Charlotte.

Juste à côté d'elle, un serveur africain habillé en rose offrait des canapés au caviar disposés sur un plateau d'argent.

— J'ai jamais bouffé de caviar, moi, dit un jeune homme qui, malgré la chaleur, portait un chandail et un gros manteau bleu en laine.

— Moi si, mais pas tous les jours, proclama une voix moqueuse à l'accent français.

— Paulo, mais c'est pas vrai! reconnut quelqu'un.

— Et toi, où l'as-tu connu? me demanda l'Africain en me tendant un plateau. Tu n'as pas l'air fatigué comme nous.

— Fatigué? demandai-je, étonné.

— Oui, chez nous, en Afrique, nous disons que les clochards sont des personnes fatiguées. Où as-tu connu Bilboquet?

— Moi, répondis-je, un peu inquiet de m'être introduit dans cette confrérie, moi, je ne l'ai pas connu, Bilboquet, c'est seulement aujourd'hui que j'en entends parler.

– Ah! Eh bien, Bilboquet, c'était une bonne personne! m'assura mon interlocuteur. Tiens, c'est drôle, il faisait des squelettes avec les feuilles de marronniers, comme toi. Un jour, nous étions à la cour tous les deux pour avoir engueulé un flic. Plus qu'engueulé, même. Eh bien, Bilboquet, quand le juge a annoncé: «Monsieur Henry, vingt-cinq dollars d'amende», il a sorti vingt-cinq beaux dollars de sa poche et les a jetés sur le pupitre du juge! Il s'appelait Touranleau, le juge. Il a regardé les billets et il a dit: «Vous voulez vraiment payer l'amende?» Et Bilboquet lui a répondu: «Votre honneur, je paie l'amende de monsieur Henry, mais je n'ai plus rien pour la mienne. Envoyez-moi en prison.»

– D'où cela lui vient, ce surnom? demandai-je.

– Il s'appelait William, Bill. Et puis, Bilboquet est venu un jour, peut-être parce qu'il lançait des boules de papier dans les poubelles avec une adresse incroyable. Comme s'il jouait au bilboquet...

Charlotte, maintenant animatrice, s'adressa à la foule.

– Demain, rendez-vous tous chez le notaire Bluteau, rue Saint-Jacques, à quinze heures, lança-t-elle. Bilboquet a donné quelque chose à chacun de nous.

Plusieurs amis de Bilboquet étaient étendus sur la pelouse, à côté de la tombe. Un nuage passa, chargé de pluie qui se déversa sur le cimetière. Levant les yeux, me demandant d'où venait cette eau, j'aperçus un arc-en-ciel et un gros nuage gris solitaire. Certaines tombes semblèrent sortir du paysage, sous l'effet de la lumière.

Puis, le son d'un violon perça l'atmosphère. *Les yeux noirs*, *L'alouette* et d'autres airs tsiganes, joués à la manière de Grappelli, rappelèrent plus intensément à l'assistance le souvenir de Bilboquet. Je crus même un instant avoir connu le défunt.

Le violoniste s'abreuvait entre chaque morceau. Une bouteille de vin rouge et un verre en cristal très fin et habilement taillé avaient été déposés à son intention sur une sellette. Si chaque verre augmentait une angoisse que l'on ressentait jusque dans son jeu, il l'inclinait en même temps vers le bonheur divin que procurent la musique et le Brouilly, fragile équilibre qu'il ne manquait pas d'évoquer avant chaque gorgée.

Le champagne ne produisant pas les mêmes effets que le caribou, plusieurs amis de Bilboquet s'étaient installés dans un coin reculé du cimetière avec l'intention d'y passer la nuit sous les étoiles. Il était temps que je m'éclipse.

Le lendemain, je me rendis chez le notaire. Plusieurs de mes interlocuteurs de la veille vinrent me saluer. Je leur racontai, à mon tour, que des images de Bilboquet m'étaient revenues, que je l'avais souvent vu dans le Vieux-Montréal.

— Bien, peut-être qu'il avait de l'argent, Bilboquet, me raconta Jules. Moi aussi, j'ai entendu parler de la maison, comme tout le monde. Je me rappelle une journée où Bilboquet l'a regardée très longtemps, jusqu'à ce que des adolescents en sortent.

— Tu vois, me dit-il alors, le grand garçon et la petite fille? Eh bien, ce sont mes enfants!

Une larme traçait lentement son chemin sur sa joue. Bilboquet l'essuya du revers de la main en prenant soin de trouver pour cela un endroit de peau propre.

Le notaire préféra procéder dans la salle d'attente avec cette cour des miracles dont il avait un peu peur. Il s'installa devant une fenêtre et s'adressa à Charlotte.

— Comment voulez-vous que nous fassions la répartition, nous ne savons même pas combien il y a de bénéficiaires!

— Ne vous inquiétez pas, répondit Charlotte.

Le notaire sortit une enveloppe d'un sac de cuir, la décacheta et commença à lire.

— Moi, William Masirowsky, dit Bilboquet, lègue mes biens meubles et immeubles de la manière suivante...

Selon le testament, la maison devait être vendue ou rachetée par la femme de Bilboquet, et tout l'argent de la vente devait être donné moitié à des œuvres s'occupant des sans-abri, et moitié à ses enfants. Une autre somme d'argent, considérable, provenant de plusieurs comptes en banque, devait être divisée en quatre parts: une pour sa femme, une pour les œuvres, une pour ses enfants, et la dernière pour tous ceux qui se présenteraient chez le notaire.

Le pauvre homme de loi n'avait jamais vu une telle succession. Pendant qu'un grand cri de joie émanait de l'assistance, il répétait:

– Comment vais-je faire? Il me faut les noms...

– J'en ai parlé souvent avec Bilboquet, répondit Charlotte. Vous partagez les neuf dixièmes de la somme aujourd'hui, vous gardez un dixième pour les retardataires et vous n'oubliez pas le poème sur la tombe, en lettres dorées.

J'observai dans un coin de la pièce la distribution de l'argent. J'essayais de ne pas me faire remarquer, mais je ne pus échapper à Fred à qui je dus avouer que je n'étais pas itinérant, mais plutôt touriste dans leur monde comme d'ailleurs dans le mien, et que cette âme vagabonde m'avait amené à les suivre au cimetière, puis ici.

Je saluai Fred et mes nouveaux copains, puis je disparus.

Trois mois plus tard, quand les arbres eurent pris leurs couleurs d'automne, je revins sur la tombe de Bilboquet avec ma compagne. Le notaire avait fait inscrire, sur les ordres de Bilboquet, ces quelques mots:

Peuplez la rue, changez la loi,

Habitez-en tous les endroits.

Faites de la vie, faites de la joie!

Ne vous souciez pas des bourgeois.

Vivre ainsi, comme saint François,

C'est le plus beau de tous nos droits.

Au pied du poème se trouvait encore une énorme cloche formée de roses fanées. Sur une banderole violette, on pouvait lire: «À Bilboquet, de la part des clochards de Montréal.»

La vieille

L'agent d'immeuble avait accentué ses derniers mots, comme pour les charger d'ironie.

– Bonne visite! avait-il scandé, en insistant sur l'adjectif.

Le couple s'était présenté à la boucherie du boulevard Saint-Laurent et avait demandé de parler à Sam, suivant les instructions reçues de l'agent. Sam fit un signe à son employé.

– Son fils, en dehors des heures de travail, chuchota la femme à son mari.

Le jeune boucher avait un visage rond de Bulgare, les sourcils trop près des cheveux et l'air hébété que lui donnait une coupe sans art. Il s'empara d'un trousseau de clés accroché au mur, puis invita le couple à le suivre.

Le trio sortit du magasin, le contourna pour pénétrer par une porte cochère dans une cour. Il emprunta un escalier extérieur et s'arrêta au premier étage que le jeune boucher, selon la tradition québécoise, appelait le deuxième.

Il s'agissait d'un appartement typique de ce genre de construction montréalaise, très grand, bien éclairé aux extrémités, mais dépourvu de tout éclairage au milieu.

Plutôt que d'aller visiter le deuxième étage, le boucher leur proposa d'aller sur le toit. Le couple ne trouva pas cette demande farfelue et accepta. Ils montèrent donc tous les trois l'escalier puis une petite échelle de métal.

Comme la plupart des toits des immeubles de la ville, celui-là était plat, constitué de plusieurs couches de papier enduit d'asphalte appliquées sur une base de planches. La femme examina la couverture sommairement. L'asphalte avait fait des bulles un peu partout et une grande flaque d'eau stagnait au milieu de la couverture. De la mousse recouvrait une grande partie de la toiture et plusieurs petits érables poussaient comme des bonsaïs.

Normalement, pensa-t-elle, une légère pente aurait dû conduire l'eau vers le drain.

– Cela fait pourtant une semaine qu'il n'a pas plu! dit-elle au boucher, pointant du doigt le lac.

– Ouais, acquiesça-t-il.

– Mais l'hiver, le poids de la glace doit être énorme! répondit-elle. Le toit peut céder...

Leur hôte, tout d'un coup plus volubile, presque expert en construction, leur parla du toit, indiquant que le centre de l'immeuble s'était un peu enfoncé durant la grande sécheresse de 1983, mais qu'il était resté stable depuis. Il suffirait donc de refaire la couverture en rehaussant le centre pour que l'eau soit évacuée rapidement.

Sans plus écouter le boucher, les visiteurs redescendirent. Ils montraient qu'ils étaient frigorifiés et firent part de leur désir de terminer la visite.

Quand la femme lui demanda de voir l'autre appartement, le jeune homme répondit qu'il n'en possédait pas les clés. La femme insista, appuyée par son mari. Ils étaient venus pour visiter et ils ne feraient certainement pas une offre d'achat sans avoir tout vu.

Ils sentirent tous deux que le garçon boucher était réticent. Le jeune homme baissa la tête pour regarder le trousseau de clés qu'il tenait encore à la main et fit un sourire.

– Ah! oui, je l'ai la clé, je ne savais pas...

La première chose qu'ils virent en entrant fut une gigantesque pile d'ustensiles, de casseroles, de passoires, de cocottes, de faitouts, de moulinettes, de cafetières en inox ou en aluminium. La montagne se rendait presque jusqu'au plafond, pourtant haut de quatre mètres.

Ils la contournèrent pour jeter un coup d'œil déjà plus timide dans une autre pièce. De vieux vêtements formaient un autre tas, mais cela leur parut presque plus normal que l'amas de casseroles.

Ils avancèrent encore dans le couloir et distinguè-
rent, tout au fond, une sorte de cuisine qui leur donna
la sensation bizarre que l'appartement devait être ha-
bité, bien que ce qu'ils venaient de voir eût pu les
assurer du contraire!

Le garçon les dépassa et alla allumer en la revissant
une ampoule qui pendait du plafond au bout d'un
long fil torsadé. Sur la table, un pot de faïence bleue
surmonté d'un filtre laissait échapper une fine odeur
de café froid.

L'homme se figea: il avait passé sa jeunesse lui aussi
en Europe et se rappelait tout à coup une cuisine au
plancher de tuiles blanches et bleues, une fenêtre
habillée de dentelles, donnant sur les cages à lapins au
fond de la cour, et une vieille femme, sa tante, qui lui
versait dans une tasse un peu de café froid coupé d'eau
fraîche.

– C'est pour étancher la soif pendant la canicule,
lui disait-elle.

Leur hôte, un instant surpris par ces trois secondes
de silence, regarda les visiteurs avec un sourire en
écartant les bras pour leur indiquer qu'ils avaient tout
vu. La femme se dirigea vers la dernière porte et la
poussa. Le garçon boucher eut un mouvement vers
elle, mais ne parvint pas à l'empêcher d'entrer. Dans la
chambre trônait une vieille dame tout habillée, sur un
lit trop haut.

La vieille dame appela le garçon. Elle s'agita,
sembla avoir peur des visiteurs, et le garçon lui répondit
dans une langue d'Europe centrale qui n'était pas slave,
comme le constata la femme.

Une lumière semblable à celle de la cuisine s'alluma et le couple put voir les détails de cette fresque. La dame était habillée de plusieurs épaisseurs de vêtements et portait une tuque et des gants bien qu'il ne fît pas froid dans la pièce. Elle n'était ni couchée ni assise, mais coincée dans une position intermédiaire par des oreillers, des couvertures et des édredons que le garçon remit en place.

– Elle est malade comme cela depuis bientôt trois ans, dit-il. Elle n'est jamais sortie!

La vieille dame prononça quelques mots à l'intention des visiteurs qui la regardèrent, l'air impuissant. La femme, s'adressant au jeune homme, crut devoir dire:

– Dites-lui que nous ne dirons rien.

– C'est ma grand-mère, mentit le boucher.

Et plus personne ne dit un mot.

Le coup de tampon

Il y a de ces vieux que l'on voit souvent chez le dépanneur à passer de longues journées à regarder les gens vaquer à leurs occupations. Après quelque temps, ils rentrent chez eux, pour ne plus ressortir. Il nous arrive alors de les croiser encore une fois ou deux avant de les perdre pour l'éternité. Ils disparaissent de nos vies par un lent oubli, comme s'ils avaient voulu ménager ceux qui restent.

Joseph était l'un de ces vieux. Il habitait au rez-de-chaussée d'une maison de la rue Mentana qui avait son âge. Le plancher était très froid l'hiver, mais il était au ras du trottoir et Julie, sa femme, avait pu profiter, aussi longtemps qu'elle vécut, de la chaise berçante qu'il lui installait sur le trottoir chaque beau jour d'été avant d'aller faire sa tournée.

Joseph ouvrait les portes aux dames. Il était partout à la fois: à la laverie, chez le dépanneur, à l'épicerie. Il apportait un panier à la cliente, le lui retirait quand elle passait à la caisse, presque obséquieux. Puis il rentrait chez lui, accueilli par sa bonne Julie qui était contente de l'avoir envoyé dans le monde. Elle savait qu'il s'ennuyait de ne plus faire partie des grandes foules du printemps qui remontaient la rue Saint-Denis ou le boulevard Saint-Laurent aux premiers beaux jours. Il ne pouvait pas tolérer de ne plus travailler, de ne servir à rien, comme il le disait si souvent, et pis encore, de ne plus avoir de raison de se trouver dans la rue, parmi les autres.

– Je n'ai nulle part où aller, répétait-il à sa vieille.

Les congés l'agaçaient, comme les dimanches. Au travail, il n'avait jamais pris un jour de maladie puisqu'il n'avait jamais été malade, au grand dam de ses camarades.

À sa retraite, il avait commencé à rendre de petits services pour s'occuper. Il bâtissait des clôtures, refaisait des patios en bradant son temps.

* * *

Un jour, Julie mourut. Julie était morte. Joseph pleura, gagna soudain quelques années, mais il parvint à continuer à vivre et à sortir presque comme avant. Un temps, on le vit même plus souvent, meurtri certes, mais encore vivant, toujours prêt à une galanterie.

Comme les mois passaient, on le vit de moins en moins. Il restait de longues journées chez lui à savourer sa peine. Par la fenêtre, on pouvait l'apercevoir regardant quelque chose qu'on ne voyait pas.

L'hiver arriva, particulièrement doux. Rien ne gela vraiment avant décembre, ce qui était inhabituel. Une voisine alla voir Joseph à Noël, mais il lui manifesta le désir de rester seul durant les fêtes. Il voulait honorer sa Julie, rester avec, comme il l'avait dit, et la voisine respecta son choix.

Elle retourna voir Joseph de temps en temps, après les fêtes. Elle se rendit compte que la maison était froide et elle dut souvent tourner le bouton du thermostat, en se cachant pour ne pas risquer d'humilier Joseph. Elle se disait qu'il pouvait manquer d'argent et se promettait chaque fois de lui en parler quand arriverait la facture. Comme elle faisait quelques courses pour lui, elle s'ingéniait à toujours diminuer la somme d'argent qu'il devait, sans qu'il s'en aperçoive. Mais, à chaque nouvelle visite, elle trouvait Joseph encore plus bizarre, refermé sur lui-même.

Vers la fin du mois de janvier, par un matin particulièrement froid, elle entra chez son voisin. Il était couché et la maison était glaciale. Un filet d'eau coulait dans l'évier de la cuisine, mais la toilette était gelée. Elle tourna le bouton du thermostat, mais dut se rendre compte après quelques minutes qu'aucune chaleur ne sortait des radiateurs. Elle sortit par la porte d'en arrière et s'en alla frapper sur le grand réservoir de mazout qui résonna comme un gouffre.

La voisine ouvrit une armoire, en sortit des couvertures et les jeta toutes sur Joseph qui ne réagit pas. Elle retourna chez elle téléphoner. Elle appela d'abord la clinique.

— Peut-il marcher? demanda la téléphoniste.

— Bien sûr, répondit la voisine.

— Eh bien, dites-lui de se rendre ici sans rendez-vous!...

– Mais il n'est pas malade, du moins je crois.

Elle appela le CLSC, qui lui servit la même réponse. Elle ne savait pas comment décrire l'état de son vieux. Elle s'était «énervée pour rien», lui avait-on laissé entendre.

Elle retourna chez Joseph. La porte était maintenant fermée à clé.

Ses craintes revinrent. Elle appela la police qui invoqua les raisons qui l'empêchaient d'intervenir: Joseph n'avait pas commis de délit et il ne semblait pas qu'il y eût un risque suffisant pour justifier le viol d'un domicile. Après tout, dit le policier, des gens vivent dans la rue en ce moment même et personne n'intervient. Le policier lui parla du respect des libertés individuelles.

La voisine repassa le lendemain chez Joseph. La maison, réchauffée par le soleil, devait être moins froide. À travers la vitre, elle remarqua que des objets avaient bougé: une chaise, un cendrier sur le coin de la table. Les paroles du policier lui revinrent: «Des gens vivent dans la rue en ce moment.» Peut-être s'inquiétait-elle trop? Deux jours plus tard, elle aperçut même Joseph, à travers la porte, et lui fit un signe auquel il répondit depuis son fauteuil.

Vinrent des journées froides et des nuits épouvantables. La voisine ne revit plus Joseph par les ouvertures. Il devait rester dans sa chambre, pensa-t-elle. Mais elle savait que la maison n'était toujours pas chauffée; les vitres ornées de fractales de glace, la présence de neige tout contre les fenêtres et la porte, laissaient comprendre qu'aucune chaleur ne s'échappait de l'intérieur.

Elle recommença à téléphoner, rappela le CLSC, parla à une psychologue. Il faudrait qu'elle-même puisse convaincre Joseph de réclamer la visite de la spécialiste. Il fallait une demande de la part de Joseph.

— Mais vous, vous ne pouvez pas trouver enfin quelqu'un qui pourrait aller chez lui remettre le chauffage, acheter de l'huile, voir s'il est en bonne santé!

— Non, euh, si la maison est sale, vous pouvez toujours appeler les employés de la Ville, eux ont le droit d'entrer si c'est sale. C'est pour l'hygiène, vous comprenez.

La voisine appela «la Ville». Elle raconta que la maison était insalubre, que la plomberie avait éclaté.

— Madame, nous avons votre plainte, merci. Nous allons y voir, répondit l'inspecteur.

— Mais quand allez-vous venir?

— Pas avant quinze jours, madame, il faut attendre.

— Attendre! Mais il va crever de froid! Pourquoi attendre?

— À cause du délai. Il faut d'abord envoyer un avis, attendre quinze jours, puis nos inspecteurs vont pouvoir entrer.

— Mais il n'y a pas de chauffage, la toilette est gelée, les tuyaux vont éclater. Quand ça va dégeler, l'eau va faire des dégâts!

– Nous n'avons pas le droit d'entrer, madame, nous sommes obligés de respecter le délai! Mais si les tuyaux éclatent, alors c'est une urgence. Si vous voyez de l'eau, rappelez.

La voisine raccrocha. «Si les tuyaux éclatent» chanta t-elle, méprisante, «Si vous voyez de l'eau». Le vieux pouvait bien geler, mais les tuyaux, ah! les tuyaux! il y avait un service des tuyaux gelés à la Ville, mais certainement pas un service des vieux gelés.

Le temps s'était encore refroidi et elle avait acquis la conviction que quelque chose de terrible se passait. Joseph avait décidé de se laisser mourir ou il avait perdu la tête. Combien de temps pouvait-on durer, sans chauffage, dans une maison? Combien faisait-il à l'intérieur?

Elle se rendit une nouvelle fois chez Joseph. La porte était toujours fermée. Elle sonna, puis frappa du poing sur la porte, n'entendant pas la sonnette. Elle tapa sur les vitres avec ses clés. Joseph ne répondait pas. Elle revint chez elle, essoufflée bien qu'elle n'eût pas couru, et composa le numéro des urgences, le 9-1-1. Une téléphoniste lui fit raconter calmement son histoire.

– Rien ne vous indique qu'il y a urgence?

– Non, euh, il n'y a pas de chauffage...

– L'homme est-il blessé ou malade?

– Ça fait deux semaines qu'il n'est pas chauffé, avec ces froids!

— La personne est-elle blessée ou malade? répéta la voix.

La voisine répondit que non, abasourdie.

— Vous allez quand même m'envoyer une auto-patrouille?

— Quand on en aura une, oui, mais pas une ambulance. De toute façon, ils verront ce qu'ils peuvent faire.

Le policier qui se rendit à l'appel reconnut la voisine. Il lui expliqua encore qu'il ne pouvait pas grand-chose, l'homme n'étant pas visiblement en danger. Il pouvait se couvrir, rester au lit, allumer sa cuisinière électrique...

— Vous seriez étonnée, madame, de voir combien de gens ne chauffent presque pas l'hiver! Ils préfèrent économiser.

Comment pouvait-on raisonner de cette manière? se demanda-t-elle quand le policier fut parti. Il fallait trouver un moyen.

La voisine se rendit au CLSC. Elle demanda à rencontrer la psychologue. On l'envoya plutôt à une travailleuse sociale. Elle lui expliqua qu'il fallait vite faire quelque chose.

— Le monsieur est âgé, vous savez, il vient de perdre sa femme... Il est bizarre, il ne chauffe plus et il s'est enfermé.

Elle réussit à la convaincre d'appeler la Ville à son tour, ce qu'elle fit dès le lendemain. La travailleuse sociale rappela la voisine pour lui dire que l'inspecteur viendrait avant que ne s'écoule le délai de quinze jours. Peut-être avant huit jours.

Il neigea pendant deux jours. Puis, il y eut une journée presque printanière et une chute spectaculaire de température. La voisine ne voyait plus Joseph et la porte n'avait pas été ouverte depuis longtemps. Deux factures – elle reconnut les enveloppes d'Hydro-Québec et de Bell Canada – traînaient sur le sol. Le temps était toujours froid. Son esprit lui tenait un double langage: ceux qui étaient responsables ne voulaient rien faire, mais elle avait la timide impression qu'ils se trompaient.

La sonnette la réveilla. La voisine enfila sa robe de chambre, alla ouvrir la porte et rentra vite à l'intérieur.

– Je m'habille et je suis à vous, dit-elle à l'inspecteur de la Ville. Entrez.

Ils se rendirent tous les deux chez Joseph. L'inspecteur frappa, sonna.

– Mon serrurier arrive... Tiens, le voilà.

L'homme glissa un petit tuyau dans le trou de la serrure et actionna une sorte de piston. Quelques secondes plus tard, la porte était ouverte. La maison parut plus froide que l'extérieur. La porte de la chambre était ouverte.

Joseph était assis sur un fauteuil. Le serrurier lui pinça une joue.

– Il est mort, dit-il.

L'inspecteur recula d'un pas, puis tendit machinalement à la voisine un papier sur lequel un tampon avait imprimé en lettres noires: «Délai raccourci.» À côté, quelqu'un avait inscrit à la main: «À la demande de madame Tremblay, travailleuse sociale, le 2 février 1995.»

Le 512

Il existe de ces lieux, à Montréal, que l'on ne fréquente pas d'emblée. Trop bourgeois, ils manquent d'âme. Leur décoration rapportée leur confère une sorte d'insignifiance commune aux édifices publics. Arthur s'attire les quolibets de ses compagnons de misère quand il leur affirme qu'il n'aimerait pas y habiter.

— Monsieur le comte ne vivrait pas n'importe où, certes, mais comme pied-à-terre, daignerait-il?

Jules aimait bien Arthur, mais il ne manquait jamais de souligner son origine aujourd'hui lointaine, ni de le questionner sur les clochards de Paris.

— C'tu vrai que le soir, ils couchent dans les bistrots, sur le plancher, la tête posée sur une corde que le patron coupe le lendemain matin pour les réveiller?

Arthur lui répondait toujours par une nouvelle théorie. C'était l'intellectuel des itinérants de Montréal, le Français comme on l'appelait, lui reconnaissant de cette manière un certain savoir.

Sa dernière trouvaille, c'était le bourgeois-huître, ou moule. Il désignait ainsi ceux qui vivaient dans des écailles complètement fermées, dans des immeubles où il est impossible de pénétrer, sans même une sonnette pour joindre quelqu'un. Ce qui se passe dans la rue ne concerne plus, après dix-neuf heures, les bourgeois-moules. Arthur racontait qu'il avait vu des gens se faire attaquer dans des rues vides sous les yeux des familles retranchées derrière leurs fenêtres. Et quand il avait frappé aux portes pour appeler à l'aide, chacun s'était déjà caché.

— Le samaritain inspire autant de crainte que les agresseurs parce qu'ils viennent d'un même monde, disait Arthur.

— En France? l'interrogeait-on.

— Et aux États-Unis, répondait-il. Mais ça arrive ici aussi.

Arthur maudissait les lieux interdits: les banques, les boutiques, les bureaux, tous ces immeubles vides plus de la moitié du temps et dans lesquels il ne pouvait pas entrer; des bureaux chauffés et surveillés pour que personne n'y entre. Une vitre ouvre le regard sur l'intérieur, mais elle marque en même temps une frontière encore plus ressentie le jour que la nuit, qui prête au rêve. Maintenant, on scellait aussi les appartements.

Arthur a bourlingué dans le monde. Cent fois, il a raconté les fiestas qu'il a organisées sous les ponts de Paris et dans toutes les grandes capitales. Il est arrivé un jour à New York, par bateau, et a aussitôt débarqué au Bowery.

Il se complaisait dans cet étonnant contraste du voyageur transatlantique qui salue la statue de la Liberté avant d'aller coucher dans le quartier des *tramps*. Il a connu Picadilly, Rome, Zurich et même Rio. Tantôt marin, tantôt clochard, Arthur a vécu la belle vie, comme il le disait à regrets, le souvenir de la misère s'embellissant avec le temps.

Jules taquina Arthur.

— Hé! le français, redis-nous ta théorie sur les immeubles bourgeois!

— Ah! vous les blancs-becs, répondit Arthur en s'adressant aux quatre itinérants qui l'entouraient, faut pas se moquer. Moi, j'ai bourlingué. La cloche, la vraie cloche, la robine, comme vous dites, je l'ai connue!

Bien oui, enchaîna-t-il, à Montréal maintenant, les immeubles deviennent étanches. Pas un trou pour se glisser à l'intérieur. L'hiver, il ne reste plus que les bouches d'aération d'Hydro-Québec et cette maison du boulevard Saint-Laurent dont le mur est si chaud — erreur de construction, marmonna-t-il encore.

Tous les jours, je passe et je repasse devant le 512 du boulevard Saint-Laurent. Vous ne le connaissez pas comme moi je le connais. C'est un immeuble cossu, très ancien, qui est devenu une copropriété. Pas un simple immeuble résidentiel: une chose inhumaine, propre, peuplée de célibataires, de couples sans enfants et de spéculateurs: un «condo».

L'hiver, j'allais souvent coucher dans l'un de ses couloirs. Le porche donnait sur un petit espace vitré et chauffé dont la porte n'était jamais fermée à clé. Bien sûr, chaque fois que quelqu'un entrait, il fallait gueuler pour rester et, bien souvent, la police venait me déloger quelques minutes plus tard. Quand je pouvais rester, je voyais les BM s'arrêter et leur conducteur aller pisser dans le porche. Les occupants de l'immeuble nous en donnaient toujours le crédit: «Les robineux viennent pisser tous les soirs!»

Mais aucun n'a jamais soupçonné que le hall de la rue Saint-Jean-Baptiste était un haut lieu de baise pour les clochards. J'y étais venu avec la vieille Rita, qui n'était pas vieille mais seulement couverte de vêtements superposés en pelure d'oignon, ce qui lui donnait les formes d'une vieille.

Il ne fallait pas trop que l'on se sente, mais Dieu que c'était bon! C'était mieux que de s'astiquer la colonne. Chaque trait de son visage avait une signification, c'est ce qui m'attirait chez elle. Mais ce n'était pas une beauté.

Au début du printemps, des gens sont venus plusieurs fois mesurer l'entrée du 512. Sans bien savoir pourquoi, j'ai senti que j'allais perdre quelque chose, mais ce n'était pas vraiment conscient; j'avais plutôt le goût de la dérision: «Tiens, me suis-je dit, ils vont faire des travaux.»

C'est une manie, les travaux. Vous savez, c'est même une manie d'ici. En France, les immeubles ne changent pas pendant cinquante ans. Il faut des lois pour les obliger à refaire la peinture!

Quelques semaines plus tard, d'autres hommes sont venus prendre d'autres mesures, ou reprendre les mêmes, puis, d'un seul coup, des ouvriers se sont mis à démolir l'entrée. Deux semaines plus tard, ils ont coulé du béton en pente vers l'intérieur. Une entrée sans escalier, c'est nouveau. J'ai jeté un coup d'œil sur le travail, puis j'ai dit à un des ouvriers: «Vous avez coulé le béton trop haut, vous ne pourrez pas ouvrir les portes quand vous poserez votre céramique.»

Le bonhomme m'a regardé d'un drôle d'air. Il devait se dire que j'avais dû être architecte avant de sombrer dans la robine. «Vous savez, un bon ouvrier peut rectifier une surface au centième de millimètre, alors, un demi-pouce!» ai-je ajouté comme le type se remettait au travail.

Plus rien ne s'est passé pendant des semaines. Des fils électriques pendaient du plafond, la pente de ciment était toujours pleine de poussière.

Des hommes sont venus poser une porte double en métal, puis ils l'ont retirée une semaine après quand ils se sont aperçus qu'elle n'ouvrait pas: la poignée d'un battant frottait contre l'autre. Pour entrer ou pour sortir, il fallait pousser les deux portes en même temps. Ils l'ont réinstallée enfin.

Certains matins, trois ou quatre ouvriers travaillaient une heure ou deux, puis ils repartaient comme ils étaient venus, après avoir donné quelques coups de marteau et installé un bout de fil.

L'automne était déjà bien engagé. Ils avaient mis près de six mois pour faire ces quelques travaux. Les journées froides arrivaient. Des peintres ont donné une couche de peinture sur la porte après que les vitres y furent placées. Ils ont pu compter sur une autre journée clémente du bon Dieu pour terminer la peinture. Il n'y a de chance que pour la crapule! L'année passée, il avait déjà fait -20 °C à cette époque. Ils auraient pu faire geler les gicleurs.

Ils ont repeint l'intérieur en jaune, même le plafond en bois naturel. Les gens du quartier riaient quand ils voyaient le jaune, les premières fois. De mon trottoir, je pouvais entendre les conversations. J'en savais plus que chacun des résidents sur les réactions des autres. Personne n'aimait la couleur, mais tout le monde l'acceptait, comme s'ils avaient l'impression que le décorateur et les autres propriétaires l'aimaient. J'ai parlé avec le peintre, un bonhomme drôle, qui m'a dit exactement la même chose. Il a même ajouté qu'il ne comprenait pas pourquoi on ne lui avait pas dit d'arrêter.

C'est là que j'ai compris que bientôt, je ne pourrais plus utiliser cette entrée. Je me suis mis à coucher tous les soirs dans cet hôtel de luxe que je quittais chaque matin au premier bruit de l'ascenseur, pendant que vous, mes amis, étiez en train de vous cacher où vous pouviez.

— Bon, et alors, résume, dit Jules, tu t'étends et on ne sait plus où tu veux en venir.

— Arrive un petit camion, un jour, et il en sort un homme pourvu de quelques outils électroniques. Il trifouille la serrure et installe un petit clavier à côté d'une des vitres. Après son départ, je vérifie si je peux encore entrer, mais un soir, quand j'arrive, la porte est verrouillée. Impossible d'entrer. L'immeuble venait de se protéger du peuple de la rue, de nous. Toutes les bâtisses du Vieux-Montréal étaient devenues lisses comme le versant d'une montagne. Le 512, c'était la dernière. Et vous allez voir, cela va être pareil dans les autres quartiers.

Il ne reste que cette rue qu'on nous prête l'hiver, quand plus personne n'en veut. Nous avons le monde autour de nous, mais nous, nous n'y sommes pas admis. Nous avons la maîtrise du temps, mais le temps ne nous apporte que la répétition de la journée précédente; nous n'avons même pas de base à partir de laquelle nous pourrions changer, évoluer, faire demain ce que nous n'avons pu faire aujourd'hui.

J'arrive à la fin de mon histoire. J'ai essayé nuit après nuit des combinaisons. Je savais que les gens qui entraient ne composaient que trois chiffres. J'ai déjà enseigné les maths dans ma vie précédente, et je savais qu'il existait des centaines de combinaisons possibles. Le soir, je simule sur l'asphalte les mouvements des doigts sur le clavier. Les passants qui me voient écrire ces chiffres virtuels sur le trottoir me regardent comme si j'étais dérangé.

Au-dessus de la ceinture, le plus haut qu'ils peuvent aller, c'est l'estomac. Sur le boulevard Saint-Laurent, la vie n'est pas compliquée: ceux qui descendent vont chercher leur voiture, ceux qui montent sont les secrétaires qui vont prendre le métro, poursuivit Arthur. Des petits avocats, des petits Daumier. Je vais percer le code, me dis-je tout le temps.

Arthur poursuit son récit.

– Mille codes possibles. Je me dis: «J'en fais trente par jour, et une fois ou deux un peu plus et, en un mois, maximum, j'ai le code. Je peux aussi me faire une loterie: j'essaie quelques nombres, au hasard, ou je réfléchis. Cinq cent douze, zéro, quarante et un, neuf un un, six quarante-neuf... Le dernier chiffre est au centre, c'est donc un 5 ou un 4.»

À force de voir les mains pianoter, de loin, je me fais une idée. Des fois, je ris: les gens sont comiques: certains font semblant de taper cinq chiffres, d'autres promènent leurs doigts très vite sur le clavier pour ne pas révéler le code et jettent un regard en arrière pour voir s'ils sont observés. Ils ne prennent pas autant de précautions au guichet automatique. Ce n'est pas comme à Paris. Là-bas, il y a quand même des gens qui laissent les portes des immeubles ouvertes pour nous permettre de nous réchauffer la nuit. Les bourgeois, quand ils referment leur porte, ils referment leur âme, ils éteignent la réalité avant d'aller se coucher. C'est pour cela que j'ai toujours trouvé la nuit triste.

Les deux autres chiffres sont en haut. J'ai le code, je vais coucher chez vous ce soir, madame! Ce n'est certainement pas 125. C'est 215! Ils n'ont pas inventé la machine de Turing... Ils ont simplement inversé les chiffres.

Arthur s'est levé en disant ces derniers mots. Il fait le tour des yeux étonnés de ses compagnons et termine.

– Je vous invite, mes amis. Ce soir, il y aura un party dans mon pied-à-terre; c'est à deux pas d'ici.

Et il sortit de son bagage trois bonnes bouteilles d'un tord-boyaux qu'il avait lui-même mélangé.

Les Foufounes
électriques

Le gros videur fait un imperceptible signe de tête à Julie. Elle accélère le pas, rassurée. La dernière fois qu'elle est venue aux Foufounes, elle est entrée sans payer en racontant une histoire incroyable.

Arrivée dans le hall, en haut, elle jette un coup d'œil circulaire. Elle aperçoit Myriam, derrière le bar, en train de servir ses clients. Elle lui fait un signe. Myriam l'invite du regard. On dirait qu'elle a senti que Julie ne se sentait pas très bien.

– Tu es revenue?

– Oh! Julie, c'est fantastique, la Californie! Je repars la semaine prochaine, j'ai mon billet.

– Tu vas nous manquer encore...

Les deux filles se serrent dans leurs bras avec une tendresse sans gêne. Les seins blancs de Julie sont presque sortis de sa robe pendant l'étreinte. Myriam retourne à son bar pendant que Julie traverse le petit couloir qui mène à la piste de danse.

Le cœur des Foufounes bat. La machine a un souffle, une odeur, un bruit, qui vous enveloppe tout d'un coup et vous libère de toute autre envie que d'être là. Le meilleur des deux mondes.

Un joint de hasch arrive sur les lèvres de Julie. Elle aspire deux bouffées et redonne la cigarette à son auteur. Elle marche un peu plus loin, enrobée des odeurs du samedi soir. Un peu de patchouli, quelques fragrances plus fraîches de crèmes pour la peau, mêlées à celles de la bière et du tabac. Elle aime le contact des corps qui se frôlent en oubliant de prendre leur distance. Elle adore cette ambiguïté de l'attirance qui l'ouvre au monde. Elle sent une main sur son épaule, un corps qui se faufile, un bras qui la pousse avec détermination. Elle-même glisse une épaule entre deux danseurs pour aller se placer au milieu de la piste.

Après quelques minutes, elle respire parfaitement. Toutes ses tensions ont disparu. Des tas d'idées jaillissent dans sa tête. Elle a beau se dire que la plupart s'évanouiront avec la nuit, elle est certaine qu'elle a des idées importantes. Elle regarde vers la mezzanine pour se rendre compte qu'elle est pleine à craquer.

La musique est ahurissante. Elle écoute cette chanson-là pour la première fois et pourtant, elle parvient sans peine à deviner toutes les variations de la guitare, toutes les passes de la batterie, les notes retenues, les contre-temps. Elle comprend cette musique au plus profond de son corps.

Myriam apparaît dans le couloir avec une caisse dans les bras. Julie la trouve belle. Elle porte des vêtements qu'elle se confectionne elle-même. Elle joue de la basse, fait de la comptabilité pour la discothèque, voyage... Julie admire tendrement Myriam.

Quand la musique devient un peu plus rude et que quelques gars commencent à slammer, Julie se range sur le devant de l'estrade. Elle observe pendant quelques minutes les danseurs se bousculer. Un gros videur vient se placer en plein milieu de la piste et décourage ceux qui risquent de déranger la fête. Julie lève les yeux vers la mezzanine. Immédiatement, son regard accroche celui d'un grand blond. Ses yeux font le tour des balustrades du deuxième étage, mais ils reviennent inlassablement sur ceux du grand blond. Il y a pourtant des gens partout et elle se demande bien comment des regards peuvent ainsi se fixer l'un sur l'autre à une si grande distance.

Julie avance de quelques pas pour danser. Ce type-là n'est pas laid. Quand elle regarde de nouveau autour d'elle, elle le découvre, tout près. Il lui sourit timidement. Elle l'a déjà vu, elle reconnaît son visage. Il se penche pour lui dire quelque chose. Elle lui fait signe de répéter. Il l'entraîne vers le petit bar que Myriam vient de prendre en charge, dans le fond, près de l'escalier qui monte à la mezzanine.

Julien lui offre une bière.

– Julien et Julie, ça ne se peut pas! lui dit-elle.

Myriam susurre à l'oreille de Julie que Julien est un type bien. Elle le connaît parce que c'est le copain d'un de ses amis.

– Qu'est-ce qu'elle t'a dit Myriam? demande Julien à Julie.

– Elle me parle de toi, répond Julie qui s'en va vers la piste de danse pendant que Julien, inquiet, parle avec Myriam.

Julie vide sa bière et la pose sur le bord de l'estrade. Elle traverse la foule de danseurs et les éternels spectateurs qui les regardent pour se donner une contenance. Elle descend les escaliers, passe devant le videur, puis se retrouve subitement dans la rue, en pleine jungle, sans même avoir pris le temps de réfléchir. Elle est enragée de ne pas pouvoir prendre ces instants si rares, de ne pouvoir accepter la présence de Julien. Comment annoncer à la personne que vous venez de rencontrer que vous n'habitez nulle part, que vous vivez dans la rue, que vous dormez vos nuits dans un squat, que vous n'êtes rien?

Le temple du soleil

Six heures du matin. Je sors de mon placard parce que dans moins d'une demi-heure, les trois étages qui sont au-dessus de moi vont descendre pour se rendre au travail et découvriront ma cachette, si j'y suis encore. Moi qui ne travaille pas, je suis chassé chaque matin par la horde des travailleurs.

Je range ma literie et mon précieux sac d'urgence dans lequel j'ai placé un pantalon repassé et roulé en cigare, une chemise et une veste propres. Si je dois me présenter quelque part, cet ensemble représente mon ultime espoir de faire croire à ceux de l'autre bord que je suis l'un des leurs. Ou que je suis capable de m'efforcer de l'être. Les escrocs doivent mettre un soin particulier à leur apparence et je dois avouer avec fierté que, tous les jours, j'en vois défiler un certain nombre.

Je mets le nez dehors. L'horizon est rouge-rosé. Je suis ému, je me prends à un furtif bonheur, en voyant ce ciel, puis je me ressaisis, comme si ce genre de bien-être ne pouvait pas m'appartenir, comme si j'en étais exclu. Je souris. Peut-être que cela ne se voit pas de l'extérieur. Je suis anxieux comme ces travailleurs qui vont bientôt sortir de leur tour infernale. Je devrais être libre, mais je suis anxieux. J'ai peur que l'on me voie trop dans le coin, que l'on se doute de ma présence. Or ce coin, j'y tiens. J'ai mon placard dans une co-propriété chauffée et moderne, habitée par des gens tranquilles. C'est mon plancher, c'est lui qui m'empêche de descendre encore plus bas. Mon logement, comme je l'appelle peut-être un peu pompeusement, mesure deux mètres sur soixante-dix centimètres: un peu plus d'un mètre carré!

En général, j'arrive vers minuit ou minuit et demie, une fois que tout le monde est rentré. Je m'installe dans mon placard où je peux dormir jusqu'à six heures. Je me réveille avec les bruits transmis et amplifiés par les cloisons de l'immeuble.

Je range alors mes affaires, replace mon linge propre dans un sac de plastique, ferme le placard à clé et repars errer dans la rue pour trouver mon petit déjeuner.

Le ciel rose, c'est un cadeau du bon Dieu. Quelle ironie de contempler un tel ciel couvrant tant de petitesse! Nous n'avons rien trouvé de mieux que de vivre dans des petites boîtes, de rouler dans des petites voitures et de travailler toujours. Je n'ai rien contre le travail, mais je ne comprends pas que l'on soit obligé toute sa vie de travailler dans un atelier ou un bureau. Il y a tant d'autres choses à faire, il y a tant de choses faites qui ne devraient pas l'être.

Je continue mon chemin à pas mesurés. Il n'est pas plus de six heures trente. Je sens l'heure, son odeur fraîche du matin, plus lourde le soir, je vois sa lumière pastel aux aurores, qui s'étoffe au long du jour. Le bruit des voitures se fait plus percutant, le pas des passants plus fatigué, plus pesant. Même les odeurs de la ville connaissent ce cycle.

Je traîne dans le quartier des affaires. Je vois le temps passer, reconnaissant les minutes et les heures aussi sûrement qu'une horloge atomique.

– Tous ces gens qui quittent la rue en même temps pour entrer dans les bureaux ne peuvent se tromper, me dis-je, à haute voix, en souriant.

Je suis bien conscient que je parle tout seul, mais je n'y vois le signe d'aucune dégénérescence, bien au contraire.

Dans la foule des derniers instants, ceux qui sont déjà en retard marchent plus vite que les autres et courent franchement dès que la rue se vide. Quelques-uns de ces visages me sont familiers. Parfois, j'ai envie de leur dire: «Je vous connais très bien, vous savez.»

Je vais aller prendre un café à la Brûlerie à neuf heures et quart. Dans deux heures. Si je n'ai pas mon café, ma journée est fichue. Je garde le billet de deux dollars au fond d'une petite poche furtive et je renouvelle la somme dès que je le peux.

Si je marche lentement et regarde les vitrines avec suffisamment d'attention, les minutes s'égrènent sans s'accrocher. Je suis comme le petit Poucet, mais les cailloux que je sème sont autant de quanta de temps que j'abandonne à la vie parce que je ne sais plus qu'en faire. Parfois, une heure saute, disparaît. Quand on est réduit à l'attente, une heure perdue, c'est une heure gagnée.

J'aboutis, ce matin, à la gare Centrale, chargé de souvenirs. J'allais y attendre ma tante Jacqueline qui revenait de Gaspésie, habillée comme une carte de mode, comme on disait. Moi, je l'imaginais fréquenter les plus grands couturiers lorsqu'elle voyageait en Europe. Je scrutais les voyageurs avec le lent mouvement alternatif d'un garde-du-corps, comme si j'avais peur qu'elle passe à côté de moi sans me voir.

J'allais la raccompagner lorsqu'elle repartait, la semaine suivante. En revenant, je courais pour chasser cette mélancolie des départs. Il est difficile de se laisser aller à la tristesse en courant.

Elle ne sait pas où je vis maintenant, et jamais je n'irai la voir. J'ai effacé cette partie de ma vie comme si j'étais né le jour où je suis devenu itinérant.

Je remonte la rue University jusqu'au métro McGill. Il s'y trouve l'une des seules bibliothèques que je puisse fréquenter. Ailleurs, les bibliothécaires me scrutent du regard, me devinent ou me connaissent et me renvoient, parfois en insistant pour me donner une pièce.

À McGill, j'ai même une carte. J'ai donné l'adresse qu'un jeune m'a indiqué, celle d'une femme qui loue des chambres à la journée à des itinérants. D'autres clochards viennent à la bibliothèque pour lire. C'est le seul endroit qui nous reste, mais celui-là aussi, on veut nous l'enlever. Ce n'est pas juste. On peut tout nous enlever: nous ne disons jamais rien.

La bibliothèque n'est pas encore ouverte, mais je ne suis pas passé par le métro pour cela.

Je prends la rue Aylmer. Il s'y trouve la plus belle maison de Montréal. C'est une vieille bâtisse carrée que l'on abattra sûrement quand la dame âgée qui y habite s'en ira. À l'arrière, des arbres magnifiques donnent à cette demeure un caractère mystérieux. Il est arrivé que j'échange un regard avec la vieille dame, mais je la vois de plus en plus rarement, toujours avec soulagement. Son apparition au seuil de sa porte est comme le garant de ma propre existence, l'assurance que les gens dans lesquels je me reconnais ne sont pas tous disparus.

Je ne peux m'empêcher de faire un petit détour pour passer devant l'épicerie que les étudiants de l'université McGill appelaient autrefois *no milk* parce que le propriétaire manquait toujours de lait. Mes souvenirs datent de ma jeunesse. Je ne parviens pas à m'en créer de nouveaux.

Quand il fait bon, je vais acheter des bagels sans oublier d'aller voir mon arbre, sur la rue Esplanade; un vieil arbre majestueux qui s'impose dans ce décor urbain. Il m'arrive même d'aller le voir la nuit.

Huit heures quarante-cinq. Cinq magasins qui se suivent possèdent chacun une horloge indiquant une heure différente. Une dame au manteau rouge passe tous les jours de la semaine à cette heure-là. Je l'aperçois. Elle ne m'a jamais vu.

Je redescends la rue Saint-Denis, beaucoup plus vite. J'aime bien laisser traîner le temps, quitte à accélérer le pas durant la dernière demi-heure avant d'entrer au café. On a besoin de cette merveilleuse impression d'urgence quand on n'a rien à faire.

À neuf heures quinze, j'arrive à la Brûlerie. Je cache mes bagels dans mon manteau, sans bien savoir pour-quoi, une sorte d'instinct de pauvre qui ne veut pas montrer sa richesse.

La patronne me sert mon express. Les clients sont des employés des bureaux des alentours, un maçon français et son aide que j'ai regardés toute la semaine réparer la devanture du magasin à côté, une secrétaire qui conforte son petit retard en avalant son café d'un trait, comme si elle voulait vraiment réduire de ces quelques secondes le petit bout de temps volé à son entreprise. La patronne me tend un panier dans lequel il reste un croissant.

— Jamais le matin, dis-je.

— Je le jette! C'est le dernier, annonce-t-elle.

— Bon, bien je le prends. Merci, hein!

Il ne faut surtout pas que j'en fasse une habitude. Je veux payer ce que je consomme et n'accepter les cadeaux qu'après les avoir refusés clairement. Dans le moindre de mes gestes, je sens cette ambiguïté de ma condition. Je ne peux même plus vraiment refuser librement ce croissant sans que les autres y voient une fierté qui ne leur semble pas de mise. Je sonne faux comme un chat de ruelle.

Ginette, la patronne, aime bien parler avec moi. Elle me pose souvent des questions sur ce que j'ai lu et sur ce que je pense. Elle m'écoute attentivement, trouve mes idées intéressantes, mais elle ne les adopte jamais. C'est là que la distance se trouve: mes idées sont valables, mais elles ne seront jamais bonnes. Elle me fait l'apologie d'un homme d'affaires qui a fait sa fortune en restructurant ses entreprises de telle manière que ses propres actions prennent de la valeur au détriment de celles des autres actionnaires.

Elle me décrit dans le détail les modifications qu'elle veut apporter à son café.

— Je ne peux plus le voir comme ça. Je veux changer. Je veux plus de tables. Je suis en train d'acheter la maison à côté. Je vais percer le mur. Je refais aussi mon appartement au-dessus.

— Pourtant, tu étais bien comme ça, pas trop de clients. Ça rapportait?

Ginette n'ose pas répondre. Elle me montre une aire de travail à moitié démolie.

— Tu sais, il y a des choses que je ne peux demander à mes employés, comme celle de transporter un meuble lourd. Ce n'est pas dans leurs attributions, ni très correct pour la CSST.

Nous sortons dans la ruelle un vieux comptoir et quelques tuyaux. Je déchire ma chemise sur un clou. Ginette a l'air contrariée. Moi pas, j'en trouverai une autre.

Un vieux client, un habitué, nous salue de la main comme il monte à l'étage pour travailler à la rénovation de son appartement. Je salue à mon tour et reprends mon chemin. Je vais faire un tour au parc Lafontaine où je vais dormir une heure, mes bagels me servant d'oreiller.

Chaque jour, je fais un itinéraire différent, choisi parmi la multitude que j'ai inventée au fil de mes pensées. Je ne change jamais de route une fois la chose décidée, comme un pilote d'avion, mais je repère des boutiques, des immeubles, des parcs, des monuments, des statues, des arbres que j'intègre à ma bibliothèque intérieure, pour usage futur. Je thésaurise des lieux et des détails que j'aime redécouvrir par la suite. Les itinérants, pour la plupart, font le même chemin tous les jours; on les rencontre ainsi facilement. C'est leur adresse. Imaginez un instant que vous habitiez en dehors de votre maison, dans les environs, sur le trottoir, tout le temps. L'adresse d'un itinérant, c'est comme celle d'un électron: une simple probabilité qu'il se trouve là, à un moment donné.

Paul, un de mes compagnons d'infortune qui me donne toujours quelques trucs pour survivre, est plus sédentaire, moins anxieux que moi. C'est un vrai robineux, un ancien, un pur. Il pousse un vieux chariot d'un ancien Steinberg avec lequel il fait la tournée des poubelles. Je peux le voir à heures fixes. Quand ce n'est pas pour un conseil, le voir me montre ce que je ne veux pas devenir, un sans-abri installé dans sa condition, dans son métier, ce que je ne peux encore accepter, bien que je n'en sois jamais très loin...

Devenir quelqu'un, comme on disait, devenir prof comme je l'avais été pour quelques années, devenir fonctionnaire (je l'avais été pendant un an), toutes ces transformations m'avaient paru futiles, ridicules. Je pouvais voyager dans ces identités, à la condition de ne pas y rester. Rentrer à la maison le soir, éteindre la lumière pour dormir m'attristait, comme si je ressentais au plus profond cette misère humaine, cette illusion d'être l'animal chéri du Créateur, d'avoir un rôle. Il n'y a pas beaucoup plus de misère dans la robine que dans la vie normale, seulement beaucoup plus de souffrance.

Quand je travaillais, j'avais l'impression de jouer au marchand. Ces instants me semblent maintenant avoir été le bonheur, mais à l'époque, ils m'étaient apparus vains. Aujourd'hui, ma vie est rude. Il ne faut pas que j'y pense parce que, plus que tous ces gens qui n'osent me regarder, j'ai conscience de ce que je suis comme de ce que je n'ai pas voulu être. Ma place, je ne l'ai pas encore trouvée.

Paul était en train de quêter, au coin de la rue Duluth. Il était donc sobre, respectant l'un des sacro-saints principes du nouvel entrepreneurship robineux qui veut que l'on sépare le travail et l'alcool. Il sourit chaque fois qu'il ouvre la porte de la Société des alcools, souhaite bonne journée à chacun et surtout ne demande pas directement de l'argent pour ne pas raidir son client. Tous les symboles sont là et il les exploite. La concurrence s'est installée dans la misère, et gare à ceux qui ne se surpasseront pas!

Cet après-midi, Paul est heureux: il a déjà gagné vingt dollars à la mi-journée et veut à tout prix m'en refiler cinq, mais devant mon refus, il décide de me payer plutôt un hamburger et une frite. Il s'étonne toujours de ma dignité de vierge offensée, de me voir en vêtements sombres et propres comme si j'avais encore quelque chose à cacher, mais je crois que c'est surtout l'espoir que je manifeste sans discernement qui l'épate.

– Je n'aime pas manger ici, les frites sentent le poisson, lui dis-je, une fois dans le restaurant d'en face. Je n'aime pas les lieux des pauvres, ils scellent l'indigence dans le quotidien.

Nous passons l'après-midi ensemble, nous engueulant presque à un certain moment de notre discussion sur un sujet banal. Il m'énerve: il est clochard comme il serait plombier ou facteur. Nous nous séparons cependant toujours aussi copains, et Paul retourne à son travail. Il a l'air de vouloir gagner sa semaine dans l'après-midi.

Je descends la rue Amherst. À l'occasion, je vends un objet trouvé dans une ruelle à l'un des *pawnshops* qui pullulent. Ils avaient presque disparu pourtant dans les années quatre-vingt.

Seize heures. Je ne peux pas rentrer chez moi avant minuit et demi ou une heure. Il faut que je sois le dernier. Cela fait plus de sept heures à tirer. Je vais jeter un coup d'œil à mon cinéma habituel, mais John, qui me fait entrer, n'est pas là.

Je tue le temps à petit feu. Je traverse la rue pour voir les affiches du Spectrum, puis reviens à mon point de départ. Je fais encore deux allers-retours l'un après l'autre pour gagner quelques minutes en faisant attention qu'on ne m'observe pas. Il me semble que je serais alors pris pour un dingue qui ne sait pas ce qu'il fait. Je fais semblant d'examiner un détail qui m'aurait échappé, mais la raison principale de ces errements, c'est encore et toujours ce temps que j'aimerais éloigner de toutes mes décisions. Je suis l'inverse d'un travailleur: je m'efforce de prendre le maximum de temps pour chaque geste. Je suis gaspillé. Dans le fond, me dis-je, je ne suis pourtant pas si mauvais que cela.

Suivre du regard un pigeon peut me prendre plus de dix minutes. En équilibre sur le bord du trottoir, je laisse passer un feu vert, les pieds collés au sol pour ne pas me faire traîner de l'autre côté par les passants, et j'attends le départ suivant pour m'engager sur la chaussée. Une minute trente, j'ai déjà compté les secondes dans ma tête et, me dis-je en riant intérieurement, *chaque minute compte!*

C'est étrange, le temps. Je retiens ma respiration une minute, facilement, et même deux lorsque je suis en forme. Il me faut cinq minutes pour reprendre ma respiration normale, et voilà bientôt un quart d'heure écoulé. Je compte les voitures. Avant, je comptais les Volks, les Ford, mais aujourd'hui, elles sont toutes pareilles.

Si je ne lutte pas contre chaque seconde, j'arrive en avance chez moi et il me faut attendre en bas de l'immeuble et tourner en rond. Je préfère utiliser tous mes moyens pour répartir l'attente tout au long de la journée et rentrer chez moi en toute hâte.

Je marche sur Sainte-Catherine jusqu'à l'église, à côté d'Eaton. Je peux enfin m'asseoir sur un muret et regarder passer le monde, tous ces gens qui arborent leurs sacs de plastique remplis pour la plupart d'objets de piètre qualité et inutiles.

Je vais voir l'heure de temps à autre dans une boutique de l'autre côté de la rue, pour recaler ma pendule interne. Il m'arrive d'avoir quelques minutes de différence, mais je le sais d'avance, parce que j'ai un peu triché en sous-estimant le temps passé afin de me ménager une bonne surprise. J'ai attendu ma mère, j'ai attendu mes copines et aussi mon frère. Quel frère! Un jour il m'avait dit «de l'attendre» au coin de la rue Prince-Arthur et du boulevard Saint-Laurent, à treize heures.

— Sois là, avait-il ajouté, pince-sans-rire.

Et j'avais attendu. Une demi-heure, puis une heure. Je n'y croyais plus, mais une intuition me soufflait qu'il pourrait quand même venir. L'attrait du jeu me fit rester dans les parages. J'allais poser mon nez sur la vitrine de la librairie d'en face en jetant un coup d'œil tous les quarts d'heure vers le lieu du rendez-vous. Puis la fréquence des regards passa à une demi-heure. Je ne voyais pas le temps passer. Et à seize heures trente, je le vis arriver en courant.

— Tu cours pour ne pas être en retard? lui avais-je lancé, fier de mon beau mot.

— Excuse-moi, je n'ai pas pu faire plus vite répondit-il. Mais il était venu et j'avais attendu.

Assis sur le bord de mon muret, je calcule mes dépenses du mois passé. Voyons, me dis-je, incapable de me souvenir, il y a eu ce repas avec des copains, à l'entrée de l'épicerie, qui avait coûté une fortune, quatre dollars chacun..., puis le reste m'échappait. Peut-être un hamburger, le jour ou quelqu'un m'avait donné cinq dollars, et le reste du mois, du pain, un fruit échappé des mains d'un enfant qui avait reçu une tape pour tant de négligence.

– On ne gaspille pas la nourriture! Maintenant qu'elle est tombée par terre, ne la ramasse pas, avait dit la mère.

Elle avait bien failli me donner en mauvais exemple mais, en croisant mon regard, elle avait compris que la proximité de mon oreille ne lui permettait pas d'ajouter tout de suite:

– Sinon, tu vas finir comme lui.

Je remarquai que je ne m'étais pas soigné cette journée-là. L'espoir de trouver quelque petit travail s'était élimé et je m'étais négligé, ce que je me promis de corriger.

Quand on est en bas comme ça, me dis-je souvent, le moindre écart peut conduire à une catastrophe, une déchéance totale. Chaque détail a son importance. Se raser, faire ses ongles que les gens ne manquent jamais de regarder, frotter ses chaussures, soigner une égratignure, sont des gestes qui me donnent l'illusion de n'avoir pas encore franchi la frontière. Barrière bien mince entre le négligé et le déchu.

Je déteste tout ce qui est fait pour les itinérants. Ce sont des monuments à la pauvreté. Je déteste manger dans ces centres pour robineux. J'ai peur que les couverts soient contaminés. Je déteste l'architecture de ces centres, ces grandes vitres noires, à la Brewery, ces grandes salles où s'alignent les tables des miséreux. On nous imagine ignorants, sales, sans pudeur et sans besoin. Seuls les riches ont des besoins.

À l'Accueil Bonneau, je peux recevoir mon chèque d'assistance sociale, mais je n'y vais pas. Tous ces «grimaceux» avec leurs beaux sourires et leurs belles intentions (je ne parle pas des sœurs qui ne demandent jamais rien, mais des autres) voudraient bien que je revienne dans le monde, mais les raisons pour lesquelles j'en suis sorti n'ont pas changé.

Je reviens à ma comptabilité du mois écoulé, que je décide d'écourter. Je n'allais quand même pas tenir des livres! *Grosso modo*, j'avais dû dépenser cent vingt dollars durant le mois. Quelques repas donnés, que j'avais acceptés en réprimant ma honte, idiote selon mes copains, mais respectée, et des morceaux de pain, un fruit, une tranche de jambon, une bouteille volée: voilà mon mois.

Les trottoirs sont pleins. Les vélos se faufilent entre les piétons malgré les protestations. Je sens chez eux une certaine complicité. Ils ne restent pas, ils passent, ils font, comme moi, du tourisme dans cette foule que je ne comprends pas. Ils prennent au vol, comme je me plais à le faire, des bribes de conversation dont le vrai sens apparaît alors comme un gros titre. Je me suis toujours demandé pourquoi je n'entendais, dans tout ce babillage, que les seuls mots significatifs. Sans doute la vie solitaire se résume à l'essentiel et porte au résumé.

Le spectacle des foules m'attire inlassablement. Les gens errent, sans but, sans ordonnance, sans plan. Ils vont dans tous les sens comme des fourmis qui n'auraient plus de travail.

Presque chaque jour – j'adore ces rencontres –, une fille me regarde. Même si je me dis que je me fais des illusions, son regard m'apprend qu'elle partage avec moi une sensibilité à fleur de peau, et donc une profonde tristesse, une petite amertume, dont elle ne parlera sans doute jamais avec un autre être humain.

Parfois, une dame échange une pensée avec moi.

– Je ne devrais pas vous dire cela, parce que je sais que ce n'est pas agréable, votre vie, mais mon cher, des fois je vous envie.

Une banane vaut un steak me disait ma mère. Eh bien, un tel compliment vaut tout un repas! Le plus dur, ce n'est pas la souffrance physique, mais le regard des autres, ce n'est pas le doigt noirci par une engelure, mais la certitude qu'elle nous identifie immédiatement auprès des autres. Ces bobos de miséreux (ou d'explorateur polaire) nous catégorisent encore plus que notre allure.

Je quitte mon muret. Je traverse cette sorte de *no man's land* que constitue l'autoroute et le Palais des congrès pour me rendre à l'église Notre-Dame. L'organiste répète un morceau. À la première note que j'entends, je reconnais Olivier Messiaen. J'ai toujours l'espoir de saisir une finale enlevée qui me fait oublier la vie terrestre. L'orgue, c'est ma religion. Je ne crois en rien, mais cet instrument me retourne.

Aujourd'hui, c'est du Bach: BWV 593, le concerto en «a-moll». Mon frère et moi éclations de rire, à cause des «moll» et des «dur», quand nous lisions les pochettes des disques!

Quelle beauté! Quelle émotion! Je me dis que si j'ai en moi la capacité d'être ému par cette musique, c'est que je vaux bien autant que tous les autres. N'est pas ému qui veut.

Que deviendraient les fidèles sans les vitraux, l'orgue, sans l'or et les trésors? J'ai en tête la petite église de Papeete dans laquelle tous les fidèles chantaient. J'étais resté en dehors pour ne pas troubler leur intimité. Sous nos latitudes, on vient plutôt écouter les chanteurs que chanter.

Il me faut traîner. Avancer, reculer, retourner sur mes pas pour refaire la distance et gagner sur le temps. Il m'arrive de compter les paires de chaussures exposées dans une vitrine. Je sais que j'ai du temps à perdre et ne peux m'empêcher d'acquérir des connaissances dans des domaines qui n'intéressent personne. Comme le nombre de marches d'un escalier du métro, ou les couleurs des vêtements des Chinois du complexe Guy-Favreau.

Le gros de l'armée des gens rentre bivouaquer pour la nuit. Plus vite ils seront couchés, et plus vite je le serai moi-même. La foule des travailleurs me rend triste. Je trouve misérable cette servitude ouvrière. Je ne peux pourtant pas me payer le luxe de les plaindre. Ils travaillent et gagnent en un seul mois plus que je ne dépense dans toute une année, mais ils ont vendu leur âme et leurs sens à un tyran décidément trop fort. Je partage avec Chaplin cette obsession de comprendre le travail humain.

Je regarde les choses que j'ai ramassées durant la journée. Je souris encore. Mon château ne peut accepter de placard et le peu que je rapporte doit me servir d'oreiller la nuit ou être assez mou pour que mes pieds s'en accommodent. Il n'y a de place que pour moi dans ma maison.

Les rues sont presque vides. J'attends le moment de rentrer, assis dans un coin.

D'habitude, je guette les lumières dans les appartements. Je sens la chaleur – même en été – des cubes formés par les salons que j'aperçois au travers des rideaux. Ici, on regarde la télévision. Là, la famille n'a pas encore fini de manger. Tout le monde est assis autour de la table et parle. Les enfants rient. Les lumières se ferment une à une. Pour moi, la nuit est ce qu'elle ne devrait jamais être: un répit, la promesse d'un futur sans avenir.

Des exceptions, me dis-je. Ils ne doivent pas être nombreux. Je ne sais plus. J'ai peut-être tort. Au fond de moi, j'ai toujours l'idée que la vraie misère, c'est cette vie que j'observe de l'extérieur.

– Je suis peut-être un exclu, mais vous, vous êtes des inclus, avais-je répondu à une matronne qui m'avait sermonné un jour où j'avais trop bu.

Mon copain Hernani, lui, croit que tous ces gens qui vivent dans de beaux logements sont heureux.

Même quand tout se calme dans mon immeuble, je dois encore attendre qu'ils se fatiguent, que les derniers finissent de regarder le film à la télé, qu'ils fassent la vaisselle, qu'ils aillent chercher chez le dépanneur le lait qu'ils ont oublié et qu'ils nettoient leur antre.

Immanquablement, l'extinction de la dernière fenêtre réveille en moi une nostalgie qui frise l'horreur. Quand arrive la nuit, une grande tristesse me remplit comme un vase. J'essaie d'oublier ce que je suis, mais la solitude m'en empêche. Tout d'un coup, j'ai hâte de me coucher et je m'étonne toujours de m'endormir si rapidement. Une sorte de fatigue morale extrême amène le sommeil aussi sûrement que la fatigue du travailleur.

Plus personne dans cet univers n'est libre. Pas un artiste qui ne doive exposer, publier, ou jouer son œuvre; pas un enfant qui ne soit soumis au passage obligé de l'entrée dans la vie des fourmis. Chacun a un rôle, jusqu'au malade à qui l'on dira quand reprendre le travail, jusqu'au vieux à qui l'on indiquera où aller attendre l'arrivée de la mort médico-légale. Dans le fond, je suis bien comme je suis. Ce n'est pas vrai. Je n'ai jamais été bien.

J'ai hâte de rentrer. Il me faut quelques bruits pour couvrir les miens. Quand le dernier chien revient de sa promenade, je monte les escaliers, me rends chez moi, sors la clé que je me suis fabriquée et ouvre la porte de mon domicile clandestin. Je la referme aussitôt.

Je redescends un étage. Je ne me suis pas trompé. Je remonte, rouvre mon placard. Derrière la porte, à quelques centimètres à peine, il y a maintenant un mur de plâtre. Mon sac de linge propre a disparu. Je vois la tête de celui qui l'a trouvé et envoyé aux ordures avec dégoût. Le type de l'appartement en arrière de chez moi s'est construit un placard avec mon logis.

Immobilisation

Six heures. Le soleil plombe à travers les vitres et traverse les rideaux. Impossible de le bloquer vraiment. Je m'assois, courbatu. En trois secondes, je suis dehors. L'air frais achève de me réinscrire, comme chaque jour, sur la liste des vivants. Je le bénis. Je fais quelques pas pour me dégourdir les jambes, puis je rentre chez moi. Je me rase, je finis de m'habiller, puis je réveille Simone, ma compagne. Je me demande pourquoi elle vit encore avec moi. Je ne lui apporte que misère et difficulté de vivre. Mais elle insiste pour rester.

Il est vrai que nous vivons une vie presque normale. Le dimanche, nous allons au cinéma, à la première séance, puis nous traînons sur la montagne, nous cueillons des champignons en saison, ou bien nous marchons durant des heures avant de rentrer nous coucher au son de la radio. Au printemps, nous coupons toujours une branche remplie de bourgeons pour les voir éclore à la maison.

Il me reste une heure à tirer avant d'aller travailler. Même en flânant, cela ne me prendrait jamais plus que trente minutes pour m'y rendre. Je souris de constater qu'il ne me viendrait même pas à l'idée de prendre ma voiture pour aller travailler!

Simone, comme moi, fait un tour dehors, s'étire comme une chatte, puis parodie plus qu'elle n'exécute quelques exercices de gymnastique appris à l'école. Parfois, elle pique un sprint jusqu'au prochain coin de rue, puis elle revient en marchant, songeuse. Cela me rend triste: n'ai-je rien d'autre à lui offrir?

Sept heures. J'embrasse Simone. Je marche, lentement, vers le café où je déjeune chaque matin. Jean, le propriétaire, m'attend avec un premier café au lait et des croissants frais. Il se sert la même chose pour lui. Sa femme vient le rejoindre un peu plus tard et nous causons tous les trois pendant qu'elle achève d'installer sa caisse. Je ne peux m'empêcher de penser à Simone.

— T'as l'air triste, me dit Annie. T'as les yeux loin.

— Non, ça va, dois-je répondre.

— Je sais que tu n'aimes pas quand on parle de ça, mais ce n'est pas drôle quand même! lance parfois Annie sous le regard chargé de reproches de son mari.

Cela dure le temps d'un bonheur, puis je m'en vais, encore plus lentement, mais cette fois, plus pour ne pas quitter cette oasis que pour tuer le temps. Il y a de ces nuances presque religieuses auxquelles je tiens. La vie ne peut pas tout bousculer, il faut garder des lieux secrets, il faut pouvoir se cacher de Dieu parfois. Simone, Jean, Annie, c'est plus que je ne mérite. C'est une joie de misère, un bonheur triste qui ne peut pas mûrir.

Comme un adolescent, je vérifie mon odeur en engouffrant mon nez dans ma veste. Je n'ai pas pris de douche ce matin, mais j'ai le bonheur de ne pas générer d'effluves comme certains de qui émane l'odeur de leur dernier repas, saucisses ou pâté chinois. D'autres sentent la frite. Mais ces odeurs de pauvres ne dérangent que moi, me semble-t-il. Je suis peut-être trop snob, mais je crois que le jour où je sentirai la frite, je ne pourrai plus jamais remonter la pente.

Huit heures et quart, je suis en avance, comme chaque matin. J'ai beau flâner, traîner la patte, je ne puis me résoudre à passer les cinq dernières minutes dehors. Ce serait perdre du temps. Alors, je m'installe à mon poste de travail. Je prépare ma machine à coller des couvertures de livres. Je vérifie la viscosité de la colle, rajoute de l'eau au besoin, donne un coup de chiffon, puis j'attends les copains.

La petite entreprise qui me fait travailler peut disparaître du jour au lendemain. Nous relions des ouvrages de poésie d'éditeurs inconnus, parfois des manuels scolaires des plus grandes maisons, à la main, comme il n'est plus permis de le faire. Jamais le tapis roulant qui encolle les plats des livres ne pourra aller plus vite. Notre rythme est à la limite supérieure de l'humain, et à la limite inférieure de l'industrie.

Ici, je suis normal. Personne ne me connaît vraiment, personne ne sait où ni comment je vis. J'ai une compagne, cela se voit dans mon attitude, et les collègues ne me demandent jamais plus qu'aller prendre un verre après la gamelle du midi. Je suis payé comme eux avec un salaire de misère et nous avons tous l'impression que si nous gagnions un sou de plus, l'entreprise tomberait en faillite. Jamais rien n'est perdu dans l'atelier et l'hiver, ce sont les moteurs de la colleuse et du massicot qui nous chauffent.

Le soir, je reviens chez moi comme un cheval qui sent l'écurie. Je fais un signe à Jean en passant. Simone n'est pas à la maison. Elle sait que j'ai besoin de cinq minutes à moi tout seul quand je reviens du travail. Elle connaît mon horaire à la seconde près et s'arrange pour aller faire l'épicerie ou laver le linge. Quand elle va chez une copine, elle me laisse un mot, collé sur la porte.

Une ultime pudeur me fait parfois tourner autour de mon domaine quelques instants avant d'y pénétrer, pour attendre d'être seul. Puis, je sors la clé de ma poche et rentre dans notre voiture. C'est là que nous habitons, Simone et moi, depuis maintenant dix-huit mois.

Le marchand de journaux

Un soir de grande tempête. Il n'a pas commencé à neiger, mais l'atmosphère a une odeur qui étouffe celles de la ville. Les gens sont différents, leurs paroles éclatent comme sur un terrain de jeu: des cris, des rires. Quelque trente centimètres de neige va nous tomber dessus.

Je n'ai plus un sou. J'ai vécu deux mois dehors, l'été passé, pour restructurer ma dette, mais je n'ai pas accumulé de surplus. Dans mon deux et demi, mon taudis, je ne chauffe même plus. Une seule journée de chauffage me coûte trois jours de nourriture: du beurre ou des canons. Je n'ai ni l'un ni l'autre, mais j'ai pourtant un certain penchant pour le beurre.

J'ai un ami qui vend des journaux. C'est comme son métier. Je vais le voir. Par chance, il est chez lui. D'habitude, il travaille à trois ou quatre endroits différents: il livre des pizzas, nettoie des bureaux, range les vides chez le dépanneur du coin...

Il me donne rendez-vous ce soir. Huit sous par journal. Il me dit où je peux aller le vendre, pour ne pas m'installer sur le trottoir d'un autre vendeur.

Je commence vers minuit à l'angle du boulevard Saint-Laurent et de la rue Sainte-Catherine. Mon copain est au coin de la rue Saint-Denis. Je récupère quelques-uns de ses clients en voiture. Plus tard, il y a les retours du Vieux-Montréal et les piétons qui reviennent des discothèques de l'est.

— T'as pas de meilleures nouvelles? me lance un gay enlacé par son copain.

Je regarde la une: un linceul dans la neige, entouré de pompiers frigorifiés.

— Il y a les spectacles, dis-je, pour forcer la vente, et les petites annonces...

— Non, moi je n'annonce plus, dit-il en me montrant son petit ami qu'il tient par l'épaule.

Il retire son bras, fouille dans sa poche et m'achète un journal qu'il ne lira pas.

Après quatre heures, la rue se vide. Un homme accoste une prostituée.

— T'es-tu une fille, toi? demande-t-il.

Après quelques murmures, ils continuent ensemble vers l'est. La neige commence à tomber, presque horizontale. J'enferme mes journaux dans un sac transparent et m'installe moi-même dans un petit imperméable de 5-10-15.

Vers cinq heures et demie, les travailleurs sortent. Ceux qui travaillent le samedi achètent volontiers le journal, mais, après eux, il n'y a plus personne dans la rue. J'arrête.

Je savais bien que l'échelle des salaires commençait près de zéro, mais je ne l'avais jamais visualisée, comme on dit maintenant. En fait, non, je ne le savais pas. Je croyais que l'on ne gagnait rien du tout, ou que l'on sautait directement au salaire minimum. Mais entre le zéro et le salaire minimum! Comment imaginer que je me retrouverais moi-même un jour dans cette mystérieuse zone, sous le minimum!

J'ai été habitué à vivre avec peu. J'habitais à la campagne. Le voisin échangeait nos déchets de cuisine contre des œufs, des tomates, parfois une poule ou un lapin, qu'il avait en abondance. Notre potager fournissait le reste. Nous étions toujours en train de retourner, de nourrir ce coin de terre, de réparer, d'aller chercher la nourriture, le bois, l'eau. Notre travail se monnayait directement en confort.

Nous étions heureux, nous ne manquions de rien. Aucun luxe chez nous et nous étions obligés de travailler beaucoup, mais cela nous convenait. Il y a toujours dans la pauvreté une sorte de nostalgie du passé et la crainte d'entrer dans un monde de fous.

Mon ami, le vendeur de journaux, me dit souvent que je rêve.

— Tu retournes dans l'histoire. Quand vas-tu te décider à trouver quelque chose à ton niveau?

— Je ne crois pas qu'il y ait de la place pour tout le monde, ça va trop vite, dis-je, en guise de réponse.

– Il y en a pour ceux qui veulent, pour tous ceux qui veulent, réplique-t-il.

Toujours la même conversation. Il se débat comme un diable dans un bénitier et parvient à vivre tant bien que mal.

En approchant de la rue Saint-Denis, un peu revenu de mes pensées, je vois mon ami discuter avec un clochard. Il lui donne un billet. Il a l'air d'un riche qui dispense ses largesses.

– Combien en as-tu vendu? me demande-t-il.

– Une quarantaine, lui dis-je en lui remettant l'argent qui lui revient.

Désert vivant

Jean était assis au bord du trottoir, les jambes allongées. De temps à autre, il tendait la main, sans conviction. Il semblait contempler le film muet et accéléré de la foule qui remontait la rue Saint-Denis avec des sacs de plastique dans les mains. Il se disait parfois que beaucoup de ces gens allaient embrasser quelqu'un en rentrant chez eux. Cela faisait des mois qu'il n'avait pas serré une personne contre lui, ou même reçu un baiser. Même s'il en manquait, il commençait à trouver cela idiot, les baisers.

Aucune de ces personnes n'aurait pu se vautrer ainsi sur le macadam sans que les autres trébuchent sur ses jambes ou se plaignent d'une telle attitude. Mais lui, il était transparent, invisible, sans existence. Le public ne passait pas par-dessus lui, il le traversait. Quand il avait visité l'Inde, se rappelait-il, il avait été surpris par la parfaite invisibilité des parias. Il y avait trente ans de cela, et le phénomène s'était étendu à la planète.

Jean profita de sa tristesse pour boire une autre rasade de vin italien. Il revissa le bouchon de la bouteille et se remit aussitôt à penser.

Jean se leva avec peine pour traverser la rue. Il se fit engueuler par un automobiliste auquel il livra une joute oratoire en se stabilisant au milieu de la rue, dans une position théâtrale. Il croyait que si Dieu avait donné aux gitans le droit de voler parce qu'Il avait oublié de leur donner un pays, Il avait donné aux clochards la rue pour y vivre.

En remontant vers le nord, il passa à la fruiterie, d'où il ressortit avec un pain rond à peine rassis. Il pressait la miche des deux mains et la regardait reprendre sa forme avec des yeux ahuris. Il s'arrêta encore dans un café où on lui remit quelques aliments dont on n'aurait plus besoin pour la journée.

Il jugea de son état à l'empressement de ses bienfaiteurs de se débarrasser de lui. Il devait puer l'alcool.

Jean remonta la rue jusqu'à Marie-Anne. Il retrouva son petit escalier de béton sur lequel il passait sa vie et s'assit sur la plus haute marche, contre la porte de la petite église.

Il installa, sous sa chemise, plusieurs journaux. Il lui semblait que le tabloïd avait été inventé pour cela. Il mangea un morceau de pain gelé arraché au sandwich qui lui avait été donné au café et coinça sa bouteille contre sa jambe. Puis, il s'allongea complètement sur le béton en calant sa tête sur le pain rond dont il avait enfoncé le centre. Il savait qu'il se réveillerait plusieurs fois au cours de la nuit et il voulait profiter de la moindre occasion de se reposer. Il s'endormit immédiatement.

Un ronronnement continu le réveilla. Il sursauta tout d'abord, comme s'il eut senti un danger, pour constater aussi rapidement que tout était calme. Une auto-patrouille était stationnée à quelques mètres. Il devait être près de vingt et une heures jugea-t-il à la couleur de la nuit, aux magasins déjà vides et au pas rapide des derniers piétons. La température n'avait cessé de diminuer, chutant d'une dizaine de degrés en quelques heures.

Il ne voulut pas bouger ni entendre ce qu'on lui disait, mais le policier ne lui laissa pas le choix. Braquant une lampe de poche sur son visage, il lui demanda d'une voix forte s'il se sentait bien, s'il avait besoin de quelque chose.

Jean trouva les questions idiotes, mais les traduisit en langage commun: oui, il allait bien; non, il n'avait besoin de rien.

– Il va faire très froid, cette nuit, vous devriez aller à l'Hydro; sur les grilles, il fait chaud, insista le policier.

– Ou à la Mission, lança l'autre.

Jean grogna. Les policiers remontèrent dans leur voiture et repartirent non sans avoir fait un bref rapport au micro et rempli une grande feuille pincée sur une plaquette de bois. Cela lui rappela les bons moments passés avec Tim, dans les grands magasins. Quand ils n'étaient pas trop sales, ils s'amusaient à répondre aux questions de sondeurs qui faisaient des enquêtes de marketing sur les produits de beauté. Ils s'étaient même fait offrir une carte de crédit du magasin!

Tim et lui répondaient à toutes les questions; cela leur donnait l'impression d'être des bourgeois, mais surtout, surtout, disait Tim quand il évoquait ces moments sublimes, ils dictaient leur comportement aux grands manufacturiers, ils leur volaient le pouvoir de décider et ils bernaient les enquêteurs. Quand on leur demandait leur adresse, ils en donnaient une et c'est souvent à ce moment-là que la complicité avec l'enquêteur se révélait. Il leur arrivait parfois de déceler dans les yeux de leur hôte un doute qu'il se refusait d'entretenir, autant pour ne pas avoir à détruire le questionnaire rempli que par compassion.

Jean avait froid. Il attendit un peu, en bougeant, puis il s'enfourna encore quelques exemplaires de *Voir* et de *Hour* sous sa veste et dans son pantalon. Le sol était glacé. Il ouvrit son baluchon, en sortit des guenilles qu'il étendit sur le béton. Il déplia des journaux, puis se recoucha, en se recouvrant d'hebdomadaires et de morceaux de couvertures. Il avala encore un peu de vin qui n'avait plus aucun goût, tellement il était froid. Jean mangea un morceau de sandwich et se rendormit encore.

Cela ne dura pas. Il crut d'abord qu'il avait dormi longtemps, mais se rendit vite compte, à des riens, à un livreur de pizza qui arrivait quand il défaisait son baluchon, qu'il ne s'était écoulé que quelques minutes. Le froid lui piquait les yeux. Le pain qui lui servait d'oreiller était devenu dur.

Il sentait sa chaleur intérieure le quitter pour réchauffer le ciment à travers les épaisseurs de tissu. Il se demandait s'il allait pouvoir passer la nuit, s'il ne valait pas mieux capituler. Il se blottit contre la porte près de laquelle il était allongé. L'air chaud qu'elle perdait pourrait le réchauffer un peu.

Jean se pelotonna, tira sur un bout de couverture pour qu'elle épouse mieux la forme de son corps. Il lui sembla qu'il reprenait le dessus... Même en ayant bu, il avait parfaitement conscience de la lutte qu'il menait au froid et savait à tout instant où il en était.

Jean commença à compter. Un, deux, trois,... mille, mille un, mille deux, mille trois. Il ne dormait toujours pas. Chaque fois qu'il s'assoupissait, un grand frisson glacial lui parcourait le dos et le réveillait.

Jean se leva, ramassa ses guenilles, refit son baluchon, fit rentrer sa bouteille dans une poche de son manteau et se mit à marcher vers le sud.

Il marcha de plus en plus vite, se dandinant comme s'il avait eu les deux jambes dans le plâtre. Il sentit un peu de chaleur le regagner, mais il ne sentait plus ses pieds. Il avait pris la décision d'aller coucher à la Mission, mais il fallait qu'il continuât à se convaincre jusqu'à la porte même de l'établissement s'il voulait avoir le courage d'y entrer.

Il fit si bien qu'il s'y retrouva. Il sonna à la porte. Quelqu'un vint lui répondre.

– Plus de place. On dépasse. C'est plein partout. Il y a une place, rue Sanguinet. Ils prennent tout le monde.

Jean ne se battit même pas. La salle, entrevue derrière la tête de l'employé, était pleine d'hommes qui marchaient de long en large. Il n'aurait pas pu dormir là.

Il reprit son chemin. Il trouva sans peine le grand immeuble et entreprit de vider sa bouteille avant d'entrer. Quelqu'un lui demanda s'il avait de l'alcool dans son ballot. Il répondit que non et l'employé le fit pénétrer dans une vaste salle parsemée de colonnes en béton peintes en jaune.

Des groupes d'hommes étaient installés le long des murs et autour des colonnes. L'odeur était irrespirable. Rien à voir avec son odeur d'alcool, c'était une odeur âcre, qui faisait tousser et vomir. Il n'avait jamais respiré d'aussi épouvantables remugles.

Dans un coin, un robineux pissait. Jean changea de place, avisant une colonne libre. Quand il fut tout près, il aperçut les excréments. À l'autre bout de la salle, une bagarre éclata entre un type qui venait de se lever et un autre.

– Mes chaussures, sacrament! Rends-moi mes chaussures!

– J'les ai pas, moi, tes chaussures répondit l'autre.

C'est à ce moment que le coup de poing partit. Pendant qu'un spectateur tentait de les séparer, deux autres se lancèrent dans une nouvelle bataille à propos des mêmes chaussures.

C'est souvent dans les détails que le pire prend toute sa signification. Bien qu'il sût qu'il lui aurait été impossible de rester dans un endroit aussi nauséabond, c'est le vol des chaussures qui décida Jean à passer une nuit blanche dehors. En marchant vite, en mangeant ce qui restait, il pourrait durer jusqu'au matin et aller se cacher dans un immeuble à l'ouverture des bureaux.

Avec une lenteur qui lui redonna du courage, Jean se résigna à repartir. Il traîna le plus possible près de la sortie, pour se réchauffer et faire dégeler sa miche de pain, puis il se jetta dehors.

Le forcené

Julie aimait regarder les immeubles alignés de chaque côté de la rue avec une précision qui l'étonnait toujours lorsqu'elle survolait cette partie de la ville en avion.

– Comment peut-on bâtir des villes comme cela! répétait-elle à ses amies.

Quand elle mettait un disque de Beethoven sur sa vieille chaîne stéréo rescapée du sous-sol de ses parents, elle avait l'impression de transgresser l'ordre du lieu. Mais elle savait toujours y trouver des avantages.

– Ici, on entend les oiseaux chanter. À l'automne, les arbres sont pleins. Ils se regroupent ici avant de partir, expliquait-elle.

Et elle aimait ses voisins, leur donnant parfois, avec humour, des noms de chocolat: noir des îles, lacté des tropiques. Le quartier, peu à peu, avait été repris par des Haïtiens de souche québécoise et d'autres, plus récemment immigrés. Ils étaient venus ici, pour beaucoup, parce qu'ils savaient que c'étaient des Haïtiens qui géraient les immeubles. Ils ne craignaient donc pas de se faire dire que tout était loué quand ils se présentaient.

Au téléphone, leur voix était bien blanche, mais en personne....

Mais ce matin-là, ce qui attira l'attention de Julie n'était pas le chant des moineaux, mais des bruits insolites. Des coups sourds qui venaient de la maison voisine. Plus tard, elle entendit le bruit que ferait une immense vitre en se brisant.

Un quart d'heure se passa sans un son, puis de nouveau, les murs vibrèrent sous des coups certainement très forts.

Julie sortit sur le perron. Le voisin du dessus regardait déjà en direction de l'appartement juste à côté du sien. En se penchant, Julie aperçut une fenêtre brisée.

Quelques morceaux de bois étaient éparpillés sur le trottoir, probablement une chaise éclatée.

– Salut Nicolas! salua Julie

– Salut Julie! Tu as vu le trottoir?

Le locataire était brusquement devenu fou. Il avait démoli son intérieur, puis avait entrepris de jeter ses meubles et d'autres objets par la fenêtre. Des gens étaient sortis de chez eux et regardaient, de loin, les dégâts. Un homme s'était avancé juste au-dessous de la maison mais avait vite reculé quand il vit planer une table à repasser et son fer.

Julie détacha sa bicyclette et la rentra chez elle.

Les policiers arrivèrent quelques minutes plus tard. Ils commencèrent par discuter avec les gens dans la rue et interrogèrent Julie, puis Nicolas.

Le jeune homme leur raconta que son voisin avait l'air bizarre depuis quelques semaines, plus renfermé, mais que rien ne laissait présager une telle crise. Il leur apprit qu'il venait de se séparer et que cela ne s'était pas fait sans heurt. Un dimanche soir, quand sa femme était revenue prendre quelques affaires, il avait appelé à l'aide ses parents pour tenter de la convaincre de rester. La discussion s'était envenimée. La femme était retenue par son beau-père qui lui enserrait le bras. Elle s'était libérée d'un coup et avait couru jusqu'à sa voiture. Des bribes de conversations entendues dans le quartier, indiqua le jeune homme au policier, il avait appris que le mari et la femme travaillaient dans une entreprise d'électronique de pointe, lui comme technicien, elle comme directrice des finances. Le mari avait probablement écouté ses conversations téléphoniques au bureau puisque le vendredi précédent, il avait attendu sa femme devant une discothèque bien qu'elle n'ait donné rendez-vous à cet endroit à sa copine que vers la fin de l'après-midi, par téléphone.

Les policiers inscrivirent quantité de ces renseignements sur leur tablette, l'un se gardant l'histoire et l'autre les coordonnées de la femme et des parents.

Les accès de rage du pauvre homme suivaient des périodes de calme durant lesquelles un policier tentait en vain d'établir un contact. Mais dès qu'il se rapprochait, l'homme redoublait de violence et une nouvelle volée de bric-à-brac traversait la fenêtre. Par le fait même, un lien s'était établi entre la foule et le forcené, et les curieux se rapprochaient de la scène.

D'autres policiers arrivèrent. Ils firent reculer les badauds et délimitèrent une zone de sécurité à l'aide d'un ruban jaune et noir.

Bien vite, chacun fut installé dans ses quartiers: les policiers entouraient la scène et les spectateurs attendaient de voir toute la détresse du forcené s'étaler devant eux. L'homme faisait entendre des cris de temps en temps. Une heure s'écoula pendant laquelle rien ne bougea vraiment. Un spectateur dit:

– Il ne doit plus rester grand-chose.

Aussitôt, plusieurs objets virevoltèrent dans les airs avant de s'écraser à la limite du ruban jaune.

Julie, qui avait insisté pour rester dans son appartement, remarqua une femme d'âge mûr, qui venait probablement de descendre d'une voiture dont la portière était encore ouverte. Elle se dirigeait vers l'entrée de l'immeuble, entourée de policiers.

La rumeur confirma à Julie qu'elle était la femme du forcené. Le village qui venait de se reformer dans la rue semblait déjà la condamner. Son élégance venue d'ailleurs, son air indifférent quoique préoccupé, cette assurance des riches dans leurs échanges avec l'autorité, constituaient une preuve circonstancielle qui justifiait le jugement du village.

«Si j'étais le forcené, cette personne serait la dernière que je voudrais voir», se dit Julie. Se trouver l'objet de l'attention de la police, des pompiers et des ambulanciers est épouvantable, mais pas mortel. Mais se montrer dans une telle position à la femme qu'il avait aimée, jamais il ne s'en remettrait, même si, dans une bonne mesure, il avait souhaité qu'elle sache à quel point leur séparation l'avait détruit.

Un vieux pompier hocha la tête comme la créature s'engouffrait dans l'immeuble. Il alla parler quelques instants à un haut gradé dont l'uniforme avait l'air de sortir du magasin.

— Je connais un peu cet homme, dit-il, je le rencontre parfois chez le dépanneur. Je peux lui parler.

Le policier arrêta l'un de ses hommes à qui il emprunta son *walkie-talkie*.

— Capitaine Bernier, faites redescendre la femme lança-t-il fermement dans l'appareil.

Il fit un signe de tête au pompier, qui partit aussitôt. Il croisa la femme et les policiers.

Cinq minutes plus tard, trois ambulanciers pénétraient dans l'immeuble, portant une civière. La foule jasait, songeant au pire.

— Je n'ai pas entendu de coup de feu, dit un homme, surpris par le dénouement.

— Il a pu avoir une crise, répondit une femme, ou s'être ouvert les veines.

Les autres se taisaient, essayant de percevoir un bruit qui les renseignerait.

Deux ambulanciers reparurent bientôt à la porte du bâtiment, suivis du pompier, du forcené et du troisième soigneur. La foule applaudit, mais le pompier fit un geste brusque pour qu'elle arrête.

Un journaliste s'approcha du pompier.

– Que lui avez-vous dit pour qu'il se rende?

– Je lui ai dit que tout n'était pas fini, qu'il irait certainement dans un hôpital psychiatrique, mais pour quelques semaines seulement. Qu'il serait libéré rapidement. Qu'il ressortirait, que cette histoire n'était pas la fin de sa vie et que nous le comprenions. Et, voyez-vous, ajouta le pompier, tout cela n'est que la triste vérité: il sortira très vite, se retrouvera dehors, tout seul, sans argent, sans personne, et j'ai un peu honte de lui avoir permis de croire que cela constituait un espoir.

Guadalcanal

– Il n'y a pas que nous qui sommes pauvres! Regarde les Japonais, ils bouffent des mousses, du lichen, des algues.

– T'es allé au Japon, toi?

– Parfaitement Monsieur, je suis allé dans le sous-sol du plus grand magasin de Tokyo, Mitsukochi. J'ai bouffé là tous les soirs pendant une semaine. Les vendeuses te font essayer chaque produit.

– T'as mangé de la mousse?

– Ben, j'en sais rien. Il y a une centaine de comptoirs qui te donnent des trucs à goûter. Des tisanes avec de feuilles d'arbres que tu ne connais même pas, des poissons séchés, des algues, des herbes, des poudres, des flocons. Je te le dis, moi, bientôt on va être obligés de manger ce qu'on n'aurait jamais osé avaler il y a dix ans. Il n'y a plus de poisson dans les océans, plus assez de viande et plus assez de terres.

– Tu exagères.

– Va voir au Japon, tu vas voir si j'exagère. Pour fabriquer un kilo de viande, il faut je ne sais combien de kilos de grains ou d'herbes. Ce que tu vois là-bas, au Japon, tu vas le voir ici dans dix ans.

Lorenzo se leva pour rajouter une bûche dans le feu. Le traversier passait en frôlant la rive. Quelques passagers faisaient des signes et les quatre amis répondirent en agitant les bras et en leur souriant.

– C'est la revanche de Guadalcanal, ajouta Lorenzo, lorgnant un groupe de Nippons, comme pour appuyer sa théorie des mousses.

Le chien de Jacques se leva et vint rejoindre son maître. Jacques entendit un touriste parler.

– Je ne comprends pas, dit-il, ils sont robineux et ils ont des chiens!

Comme si être dans la rue ne suffisait pas, il faut que le malheur soit total, ironisa Jacques, tout haut et très théâtral, afin que le touriste l'entende. Puis il cria, à son attention.

– Mon chien mange avant moi, et mieux que moi et peut-être mieux que toi!

– Ce qui est sacrant, reprit Lorenzo, c'est pas d'entendre une niaiserie, c'est d'entendre tous les jours la même. *Fuck*, ça ne doit pas être vivable d'être Noir ou grand brûlé!

Parfois, un banlieusard trop soûl lançait «ta gueule», quand Jacques ou Lorenzo répondaient à une remarque.

Certains prenaient des photos, croyant pouvoir éclairer la scène à plus de dix mètres avec un tout petit flash grand comme un timbre-poste.

– Des robineux au bord de l'eau avec du feu dans un vieux baril, cela fait une bonne diapo, rappela Léonard comme il le faisait à chaque passage du traversier.

– Le Juif le plus pauvre, dit Patrick, mais il sait encore ce qu'il faut faire pour gagner des sous.

– Tout le monde sait comment faire, répliqua Léonard: tu achètes au prix le plus bas et tu revends plus cher. Ce n'est pas la question! Et puis, ajouta-t-il du ton de quelqu'un qui répète souvent les mêmes choses, tous les Juifs ne sont pas bons en commerce. Regarde les Steinberg, ils ont encore fait faillite. Moi, j'ai gagné plus d'argent en un an que la plupart de ces marins d'eau douce en toucheront dans toute leur vie. Et je m'en tape de leurs diapos, ils n'ont pas le droit de nous photographier, ils n'ont pas le droit...

Les autres se turent. Ils connaissaient l'histoire de Léonard, qui avait été riche et avait décroché comme un avion, faute de portance. Sa femme était devenue folle et il ne s'en était jamais remis. Lorenzo l'avait connu au commencement de sa déchéance. Léonard l'avait invité dans un vieil appartement de la rue Édouard-Charles dans lequel étaient entassés des dizaines de pardessus, de costumes et de rouleaux de tissu. Léonard avait expliqué à Lorenzo comment toucher une étoffe, reconnaître les fibres, sentir le fil sous le pouce. Il avait tenu un morceau de laine sous une allumette en disant:

– Tu vois, la laine s'éteint toute seule. S'il y a du synthétique, tu vois les fils fondre et se recroqueviller en brûlant. Et puis, il y a l'odeur.

Ils s'étaient habillés de neuf et avaient quitté l'appartement en emportant quelques assiettes dorées, de l'argenterie et plusieurs vêtements. Léonard quittait sa propre vie.

Il avait été l'un des hommes les plus riches de Montréal. Il avait vécu à Outremont, dans une maison gigantesque qui surplombait la ville. Lorenzo était allé la voir un jour. Il se promenait toujours avec un compte-fils sur lui, pour examiner à la loupe le moindre veston qui passait sous ses yeux et il avait eu la réputation de transmettre sa passion à tous ceux qui le voulaient, même dans les soirées mondaines.

Chacun regardait Léonard avec respect tellement son visage montrait tant son éclat passé que son trouble grandissant. Son intelligence le soutenait mais, de jour en jour, il s'enfonçait dans un monde divergent, cultivant la maladie, ne se remettant jamais d'une simple foulure et réduisant en conséquence ses activités.

Léonard laissa à ses copains le temps de revenir à la réalité, puis jeta:

– Lorenzo, donne-nous à boire.

Lorenzo sortit ses bouteilles. On en ouvrit deux qui circulèrent dans le petit groupe. À en juger par les grimaces, la boisson ne devait pas être faible, ni les estomacs forts. La nuit tombait. Le dernier bateau venait de passer. Sans raison apparente, la tristesse envahit le petit groupe. Pas la tristesse induite par l'alcool, mais la tristesse de la nuit, celle qui devient évidente quand le jour ne parvient plus à chasser les ombres. Cette tristesse rémanente qui appartient aux gens de bien et qui est vraisemblablement nécessaire à la compréhension de la vie. Le sommeil vint alors délivrer le petit groupe.

Léonard disparut le premier. Il s'endormit dans un coin du quai, après s'être recouvert d'une vieille couverture. Lorenzo s'installa près de lui. Jacques et Jean s'affalèrent quelques minutes plus tard. On n'entendait plus que le clapotis de l'eau et, au lointain, le souffle continu de la ville. Un petit homme, qui n'avait pas parlé de la soirée, remit une bûche dans le baril. Il fit ensuite le tour de ses amis, remontant une couverture, replaçant un bras bizarrement tordu. Il s'arrêta soudain, horrifié: Jacques, le sourire inscrit dans la face, les yeux ouverts, regardait le ciel jaunâtre de la ville. Il était complètement découvert. Il était mort, à côté de son chien qui le fixait étrangement.

Squat team

Étienne descend le grand escalier du loft. La musique y est encore plus forte qu'à l'intérieur. Il entend sa copine Édith lui lancer le rituel «Fais attention à toi!».

Il le prend au sérieux. Il ne peut vraiment pas faire n'importe quoi depuis qu'il vit dehors. Chaque coin de rue, il lui arrive une aventure. La semaine passée, il rencontre une fille au Cat'. Ils passent la soirée ensemble et, par hasard, à la toilette, un de ses amis lui révèle qu'elle est séropositive. Il y a aussi deux ou trois types de son âge qui commencent à taxer dans le coin.

Étienne enfile la rue Sainte-Catherine, vers l'est. Il traverse la rue Saint-Denis, jette un coup d'œil sur le journal qu'un type lui met devant les yeux.

– J'ai pas d'argent, souffle Étienne.

À la hauteur de la rue Sainte-Rose, il tourne à droite, passe devant son ancienne école Sainte-Brigide, transformée en résidence, puis pénètre dans la cour arrière d'une maison. Il saute par une fenêtre du rez-de-chaussée, monte l'escalier et s'arrête au premier.

– Salut, lui dit son copain Baudelaire, ainsi sur-
nommé parce qu'il récite toujours des vers quand il
fume.

– Salut. Dave est là?

– Je ne l'ai pas vu.

– Baudelaire, as-tu vu un bonhomme, plutôt gros,
avec une cagoule sur le crâne?

– Je l'ai vu qui sortait d'ici, hier soir. Tu sais qui
c'est?

– Non justement, et je ne crois pas que Dave le
connaisse.

Dave était en quelque sorte le propriétaire du
squat. C'est Caro, la barmaid, qui avait donné l'adresse
du squat à Baudelaire. Elle avait précisé:

– C'est le squat de Dave, pas de drogues dures, pas
de robineux.

– Pourquoi, les robineux? avait demandé
Baudelaire.

– Parce que les robineux ont des poux, des vrais
poux de chair, puis quand ça rentre, tu ne peux plus
t'en débarrasser.

Depuis ce temps, Baudelaire répétait cette phrase
à ceux qui étaient de passage, surtout pour se con-

vaincre lui-même de la nécessité de cette discrimination.

Étienne se couche en s'enroulant dans plusieurs couvertures de laine avant de se couvrir entièrement d'une bâche. Baudelaire a un sac de couchage qu'il est allé chercher à la distribution de la police.

Il est cinq heures. Baudelaire se réveille. Quelqu'un est entré dans le squat. Il réveille Étienne et ils descendent l'escalier.

— Hé, qui t'es, toi?

— Michel. Il y a de la place?

— Qui t'envoie?

— Un copain de Dave.

— Bon, oui il y a de la place, au deuxième. Prends une chambre libre et fais attention de ne pas réveiller les autres. Pas d'héro, tu as droit au hasch. Tu n'amènes pas de robineux.

— Ils ont des poux de chair et ils sont toujours soûl ajouta Baudelaire, remontant l'escalier à la suite d'Étienne.

Tout le monde va se coucher. Baudelaire lance à voix basse:

— Lui, il fait du smack!

— Tu crois? dit Étienne.

– J'en ai vendu, j'en ai fait, je sais reconnaître, répliqua Baudelaire. Tu peux me croire. En plus, il a l'air d'un maniaque.

– Tu vois cela?

– Je le sens, regarde-le comme il faut, précisa Baudelaire.

Le lendemain, ils sont réveillés par une fille qui demande Michel. Étienne lui indique l'étage du dessus. Un quart d'heure plus tard, Michel et la fille repartent. Ils croisent Dave dans l'escalier.

– Qui c'est ces *twits*-là? demande Dave.

– Michel, c'est le bonhomme qui est arrivé hier dans la nuit, répond Étienne. Il dit que c'est un de tes copains qui lui a donné le squat. Baudelaire est sûr qu'il fait de l'héroïne.

– J'ai les papiers d'un copain américain qui est parti en Europe, je n'ai pas envie de voir les flics, dit Dave. Je vais aller prendre l'air demain.

– Nous non plus, on veut pas voir les cochons! reprirent Étienne et Baudelaire. Étienne se sait recherché pour avoir accumulé pour quatre mille trois cents dollars de contraventions. Quant à Baudelaire, il figure dans toutes les manifestations à Montréal, à Québec et même à Toronto. Tous les policiers connaissent son visage et il imagine qu'il est fiché partout comme agitateur.

Le lendemain matin, à six heures, les policiers investissent en force le squat. Ils sont une douzaine, arme au poing. Ils rasent les murs et échangent leurs places avant de traverser chaque porte, sans doute pour parodier les séries télévisées.

Étienne et Baudelaire n'ont pas le temps de réagir. La porte s'est ouverte et quatre policiers les couchent à terre en les maintenant écrasés du bout de leur bottillon. Ils sont fouillés sans ménagement et l'un des flics demande:

— Y a-t-il quelqu'un d'autre?

— Non, on est seuls... vous voyez ben, dit Baudelaire.

D'autres policiers redescendent, suivis d'une dizaine de squatters qu'ils couchent également en prenant une pose de chasseur. Un squatter essaie d'éviter une mare d'eau qui a coulé d'une fenêtre, mais il y est très vite replongé.

— Et ça? dit le flic en montrant les nouveaux.

— Ben... je ne les connais pas, je ne suis pas leur mère, réplique Baudelaire.

— Et Michel, ça te dit quelque chose? demande le policier.

— Oui, c'est un bonhomme qui est arrivé hier. Il y a un problème?

— On le soupçonne d'avoir violé trois filles. Dave, ça te dit quelque chose?

— Rien du tout, fait Baudelaire.

– Un *draft-dodger** qui est entré illégalement en 1969... Paraît que le squat lui appartient, lance le policier d'un ton qui se veut humoristique.

– T'en sais plus que moi, chante Baudelaire.

– William?

– Non plus, répond Baudelaire.

– William est un copain de Dave, tu vois, on est bien informés. Le *surgeon general*, comme on l'appelait au Viêt-nam.

– Ah, oui! Bill, un ancien du Viêt-nam un peu fou?

L'un des policiers montre au chef quelques seringues dans un sac de plastique.

– Et puis quoi, tu veux que je les stérilise peut-être? répond le chef. Jette-moi ça!

Le chef crache dans la radio:

– C'est tout, on s'en va.

Il se retourne vers Baudelaire et lui lance:

– Restez tranquilles, on pourrait vous garder avec ce qu'on a trouvé.

– Quoi, les seringues?

---

* Conscrit qui a fui avant de rejoindre son régiment.

Le chef montre une petite enveloppe de plastique qui contient quelques miettes vertes.

– Y a même pas de quoi rouler un joint! fait Baudelaire, l'air sceptique, et puis, il faut bien s'enivrer pour ne pas sentir l'horrible fardeau du temps qui brise les épaules, ajoute-t-il, cabotin. C'est de moi, enfin... de moi, Baudelaire.

Étienne et Baudelaire sont poussés vers la sortie du squat. Une fois dans la rue, les policiers les relâchent en les mêlant sans ménagement à la rangée de curieux qui attendent.

Dave est sur le toit, accroupi derrière une cheminée. Il est complètement paniqué. Il attend une demi-heure, puis une heure. Soudain, il entend une voix. C'est Baudelaire.

– Dave, Michel est mort. Un flic m'a parlé, il m'a laissé entendre que c'est Bill. Ils n'ont pas retrouvé Michel, mais ils sont sûrs qu'il est mort. Il a disparu trop vite.

– Il te l'a dit?

– Pas vraiment, mais il aurait fallu être idiot pour ne pas comprendre, surtout qu'il a ajouté que cela ne le dérangeait pas du tout. Ah, oui! Il a dit: «On n'enquête pas tous les meurtres.» Mais le plus drôle, c'est que tu n'as plus besoin de papiers!

– Comment ça?

– Imagine-toi, mon vieux, que tu as un numéro d'assurance sociale. Pour une raison que j'ignore, tu es citoyen canadien, tu peux même demander un passe-port!

– Qui t'a dit cela?

– Personne, c'est le flic qui avait des notes dans un carnet, quand il me parlait. Il y avait ton numéro écrit à côté de ton nom. Tu sais, les ordinateurs, c'est pratique, parfois: ils te permettent de faire des erreurs que tu ne ferais pas à la main. Peut-être existe-t-il un Dave mort qui a échappé lui aussi au recensement...

La nuit
des longs couteaux

— Nous allons attendre que Georges, le *butler*, ait terminé de préparer mes vêtements fit José, superbe, en avisant un grand homme maigre qui venait de déposer plusieurs sacs dans les conteneurs de l'Armée du Salut.

José, qui savait que Gilles avait sur lui le gramme de cocaïne dont il partageait la propriété grâce à un roulement des fonds destinés au loyer, lui lança une mise en garde sibylline.

— Surtout toi!

Ce qui mit Gilles dans tous ses états. Il avait déjà évoqué à haute voix leur arrestation, puis, en silence, imaginé la police remontant la filière, et lui, Gilles, faisant l'objet d'un «contrat» des barons de Montréal. José savait que son copain ne pouvait plus arrêter son imagination une fois qu'elle avait décollé. Gilles n'était pas un habitué de la drogue et il entretenait sa propre mythologie, toute de crainte et de fierté.

C'est la mère de José, Mathilda, qui avait invité Marguerite, une secrétaire du CLSC qu'elle connaissait depuis peu, à partager cette aventure.

– Ce n'est pas du vol, c'est dehors. Souvent, les sacs traînent à terre, ils n'appartiennent à personne.

Marguerite avait à son tour invité Richard et son camion. Psychologue, il avait particulièrement bien réussi sa remise sur pied après son agression dans le métro et ils étaient devenus amis.

Mathilda surveillait le grand homme dans le rétroviseur, puis, quand il fut loin, elle ordonna:

– Bon, faut y aller, maintenant.

José, Mathilda et Marguerite sautèrent du camion et se ruèrent sur les conteneurs. À peine en poste, Mathilda avait déjà extrait trois sacs verts. Son fils tentait de la décourager en lui faisant peur, mais Mathilda avait bien l'intention de faire un gros coup. Elle se retourna vers José et Marguerite.

– Allez, tirez les sacs, vous ferez le tri après.

Marguerite, à l'encontre des ordres de Mathilda, essayait de choisir son butin en tâtant les objets à travers le plastique et, pour cela, plongeait son bras aussi loin qu'elle le pouvait. Elle recherchait un grille-pain, un vieux poste de radio pour son petit ami et, surtout, des chaussures. Même si elle en avait déjà trente paires, elle continuait d'en accumuler, ce qui lui valait le surnom d'Imelda parmi ses amis du CLSC.

Quant à José, il traînait.

– Ne reste pas à rien faire, monte les sacs dans le camion, dit Mathilda à son fils.

Semblant se réveiller, José passa des sacs à Richard qui se pressait pour réduire la durée de l'infâmie, tant qu'à y participer. Gilles tassait le butin en criant à voix basse, pour se faire entendre sans ameuter le quartier.

– Il y en a assez. Arrêtez, laissez-en!

Mais il avait déjà dit cela dès le premier sac. D'ailleurs, tous étaient convenus qu'en cas de surprise, on prétendrait au contraire être venus apporter des sacs, mais Gilles ne croyait convaincre personne avec une telle histoire, lui qui pourtant en inventait de bien pires.

Quand le camion fut plein, tout le monde remonta, Richard démarra et Gilles dit:

– Il ne faudrait pas qu'on se fasse arrêter par la police maintenant!

Le retour se déroula très bien, les deux femmes continuèrent de parler chiffons sans s'en soucier et les comparses se retrouvèrent chez Mathilda pour le partage. C'était un rez-de-chaussée humide dont le plancher s'enfonçait sous les pieds et remontait après leur passage. On devinait, sous le tapis, des plaques de métal posées par le propriétaire pour consolider des lattes pourries.

Gilles prit une cassette, et José, les livres. Pour la suite, il attendit que sa mère lui choisisse une nouvelle garde-robe, ou plutôt la lui impose. À part un vêtement qu'il refusait de temps à autre, il prenait tout ce qu'elle lui donnait. Quand son sac fut plein, il dit simplement:

– Arrête, j'en ai assez.

Puis, il fit un nœud et le rangea à l'écart.

Gilles était – tout est relatif – le plus pauvre de tous, mais il considérait tout ce qu'il avait vu sortir des sacs comme des ordures ménagères. À l'instar de Dali, il était sûr que la simple expression de ses besoins de riche allait lui assurer la fortune. Il n'appréciait donc guère ces guenilles.

Marguerite n'accepta que deux belles pièces rétro, et presque toutes les chaussures. Tout le reste échut donc à Mathilda. Cela lui faisait dix-huit sacs. Elle en garderait deux, vendrait quelques morceaux à un prix minime, en donnerait un ou deux à l'association communautaire pour laquelle elle travaillait bénévolement et disposerait des autres. Mais comment?

Quant à Richard, il ne prit rien. Depuis qu'il avait accepté de prêter son camion et, tant qu'à y être, de le conduire, il se sentait mal à l'aise. Dès les premières secondes de l'aventure, il s'était fait une idée sur chacun. Voler des sacs pour les pauvres, même si cela pouvait ne pas constituer un vrai délit, lui semblait d'une bassesse inavouable.

Richard alla raccompagner Marguerite, Gilles, puis José qui vivait dans un deux pièces infesté de coquerelles, juste au-dessus de sa mère. Marguerite avait tenu à ce que José et Gilles viennent la raccompagner.

Arrivé chez José, Richard l'aida à monter son sac en en tenant le coin percé pour que rien ne tombe.

José l'ouvrit et lui montra les meilleurs morceaux. Il retira sa veste, plutôt belle, et la jetta à la poubelle, au grand dam de Richard, pour enfiler la nouvelle un peu plus voyante.

Richard jeta un regard circulaire dans l'appartement. La vaisselle s'entassait dans l'évier jauni par les détritus. L'extérieur des casseroles n'avait jamais été nettoyé, pas plus que les étagères qui montraient ainsi la place de chaque chose. Quand José alluma la cuisinière à gaz pour faire du café, les flammes jaillirent d'une manière inégale, hirsute, la plupart des trous étant obstrués par des aliments incrustés.

Ce n'était pas tant la saleté des lieux qui offusquait Richard, mais une ambiance impalpable qui faisait que cette crasse sentait la pauvreté quand la même saleté chez lui-même ne constituait que de la négligence.

José ne semblait pourtant jamais être conscient de sa condition. Éternel optimiste, il lui suffisait d'un petit bonheur pour éclairer sa journée et lui permettre de respirer la joie jusqu'à son coucher. Il paraissait perpétuellement découragé, mais pouvait remonter des abysses à la simple pensée d'aller manger une frite bien graisseuse au restaurant du coin.

Il lui arrivait de refuser bien des cadeaux et de donner ses propres choses, même quand elles avaient beaucoup de valeur comme cette statuette offerte à Marguerite. Quand il donnait un de ses meilleurs dessins, il était ravi et souvent surpris de la joie que l'autre en éprouvait. Et si un travail lui demandait, non pas un effort même pénible, mais de l'ennui ou un banal compromis, il se braquait et refusait de le faire, même pour une somme substantielle. Il préférait travailler gratuitement pour les autres, ou contre un repas, tellement l'argent constituait une pollution dans ses relations.

Gilles accepta le café sans plaisir, comme une offrande, mais il refusa de partager le biscuit au chocolat. Il aurait eu l'impression de dépouiller José, de l'appauvrir.

Il le regarda, estomaqué, dissoudre quatre cuillerées de sucre dans sa tasse en faisant tourbillonner le liquide avec sa cuiller.

– J'ai suivi ton conseil; avant, j'en mettais sept, fit José.

– Mais tu n'as pas maigri, au contraire!

– Je me sens mieux comme cela, plus fort.

Richard entendit quelqu'un hurler.

– C'est ma mère, dit José, écartant les bras pour montrer son impuissance et sa résignation. Elle crie tout le temps pour m'appeler.

Il descendit au rez-de-chaussée et remonta une minute plus tard.

– Richard, ma mère voudrait que nous allions rapporter les sacs.

– Tous?

– Non, pas tous les sacs, ceux qu'elle ne garde pas. Cinq sacs, je crois.

– Non, je ne te parlais pas des sacs, mais de nous. On y va tous, ta mère, Gilles, toi et moi?

– Oui.

Les trois pirates montèrent une nouvelle fois dans le camion de Richard, passèrent reprendre Gilles et enfilèrent la rue Sherbrooke jusqu'au bout. Gilles remit un petit sac à José, dont les yeux brillèrent.

L'automédon* resta au volant pendant que les trois autres allèrent remettre les premiers sacs dans les conteneurs. Il s'apprêta à descendre pour rendre les deux derniers, mais il ne vit personne. Tout le monde avait disparu. Un policier apparut à la fenêtre du côté du conducteur et lui intima de ne pas bouger. Son confrère approchait par le côté, une main sur la crosse de son revolver, l'autre brandissant une torche géante avec laquelle il aurait pu assommer un éléphant. Une auto-patrouille barrait la route à son camion et le gyrophare balayait le paysage.

Richard jeta un coup d'œil en arrière: le trottoir était désert. Il était tout seul.

---

* Conducteur habile.

Marché Abugov

André lève la tête vers le ciel. Le vent frais lui pique les yeux qu'il ne cesse de frotter. Il a toujours cru qu'il était incapable de se lever tôt, comme les autres, pour aller au travail. Pourtant, il est là, à quatre heures du matin, au milieu d'une grande cour dans laquelle commence enfin à s'agiter un petit contremaître qu'il considère d'emblée comme un inférieur.

C'est le vieux Henri qui a donné le tuyau à André.

— Tu vas là avant cinq heures, le plus tôt possible, et tu rentres directement dans la cour. Traîne pas en avant, lui avait-il précisé.

Et André s'était rendu directement à l'endroit désigné, cinq minutes après s'être réveillé. Même plus de Nescafé!

D'autres hommes arrivaient maintenant, de plus en plus nombreux. Des vieux, des robineux, des jeunes, des gens de toutes sortes et de toutes conditions. Plusieurs se reconnaissaient à l'entrée et se serraient la main.

Le petit contremaître se dirigea vers un robineux qui venait d'arriver et il le pria de sortir sans attendre.

– Rien pour toi aujourd'hui, tu sais pourquoi.

En fouillant du regard le vieux clochard, André remarqua le goulot d'un flasque qui sortait de la poche de son manteau.

L'attente se prolongea. Tout avait l'air réglé comme du papier à musique, même cette longue attente dans la froidure du matin. André vérifia la température en expirant une bonne bouffée d'air. La vapeur se condensa en plusieurs volutes.

Au bout d'un temps interminable, alors que la cour était bondée, un camion entra et une demi-douzaine d'hommes sautèrent dans la boîte après y avoir chargé de lourds ballots recouverts de papier blanc. Le camion repartit aussitôt.

Trois autres véhicules suivirent, reprenant le même cérémonial. Ceux qui sautaient dans les camions avaient l'air d'être des habitués, de reconnaître leur patron, mais deux minutes auparavant, ces mêmes hommes discutaient ou arpentaient la cour, sans se distinguer des autres.

Après le départ du deuxième véhicule, le petit contremaître gueula.

– Hé! toi, viens ici! Saute dans le camion!

L'homme choisi s'exécuta.

– Il en manque d'autres? demanda le contremaître.

– Non, c'est complet, répondit le chauffeur.

Il devait bien être six heures, se dit André. Il eut à peine commencé d'y penser que tous ceux qui se trouvaient dans la cour se regroupèrent vers la porte d'un entrepôt, sans même qu'on les y eût invités. André suivit le mouvement, se rapprochant le plus possible du premier rang, face à la porte.

Le petit contremaître ressortit quelques minutes plus tard. Il monta sur une caisse en bois, jeta un regard panoramique sur la masse des gueux et pointa successivement du doigt ceux qu'il avait choisis.

– Toi, toi, toi, toi.

La main du petit homme sauta plusieurs fois par-dessus la tête d'André, comme s'il avait été invisible. Mais, chaque fois, elle revenait dans sa direction, hésitait, désignait un autre homme, puis revenait encore. Le petit contremaître rentra dans son entrepôt.

L'un de ceux qui avaient été retenus, ce qui lui avait conféré un certain prestige, cria:

– Restez! Ce n'est pas fini!

André resta avec les autres. Deux hommes quittèrent la cour, déçus.

Au bout d'une demi-heure, le petit contremaître revint. Cette fois-ci, il avait l'air plus décidé que la fois précédente. Il pigea André parmi les premiers, en compta une douzaine d'autres, puis il se retourna brusquement vers la porte.

– C'est tout pour aujourd'hui! annonça-t-il.

Quelques grognements se firent entendre et un homme qui avait été rejeté décida de rester dans la cour même quand les autres furent partis.

André ressentit un soulagement. Aujourd'hui, il allait pouvoir acheter deux ou trois bricoles avec son salaire. Vingt dollars, probablement.

En même temps, il ressentit une amertume et une colère qui lui vinrent sans prévenir, comme si une quelconque hormone s'était synthétisée soudainement dans son cerveau. Il en fit part à ceux qui l'entouraient.

– C'est pas légal, ça, de faire venir le monde à quatre heures du matin, de les faire attendre plus de deux heures pour les renvoyer, et quatre heures pour travailler!

Il venait de déclencher une panique.

– Ferme-toi, si tu veux travailler, l'intello. Sinon, tu t'en vas et tu oublies tout ça, lui dit un des hommes dont il avait auparavant croisé le regard avec sympathie.

– Sûr que c'est pas légal, ricana un autre, mais ce n'est pas avec mon diplôme de tout-nu que je vais me trouver un job. Lui, continua-t-il en montrant Paul, un grand blond à qui il manquait une incisive, il sort de Bordeaux, pas le vin, la prison. Tu veux qu'il envoie son C.V. à la Banque Royale?

André se sentit rapetisser à chacune des paroles de ses compagnons. Il les assura qu'il ne dirait rien.

– De toute façon, j'aurais l'air niaiseux tout seul! ironisa-t-il.

Les autres parurent contents de cette garantie. Puis, tout s'enchaîna très vite. Le petit contremaître forma les équipes, cinq camions arivèrent en trombe, puis repartirent aussi vite avec leur cargaison de paperasse et d'hommes pour la journée. André souleva la feuille de papier blanc et lut la circulaire. «Marché Abugov, spécial palette 2,54 $ le kilo.»

Il se souvint que, quatre ans plus tôt, lorsqu'il était arrivé à Montréal, il avait lui-même reçu chaque semaine une circulaire du Marché Abugov. Le camion s'arrêta. Seuls les initiés savaient pourquoi, les autres s'interrogeaient des yeux.

Le chauffeur vint ouvrir la porte du camion.

– On va déjeuner à la Binerie, dit-il. On repart dans dix minutes.

André s'était senti blémir quand la serveuse lui avait demandé sa commande. Il n'avait pas le moindre sou. Les autres, pour s'amuser, s'étaient bien gardé de lui dire que le patron payait.

André ne sut jamais où il avait distribué ses circulaires. Il était monté dans un camion complètement fermé et bien chaud, mais sans la moindre fenêtre. Une fois sur place, les avenues arboraient fièrement des numéros, faute, sans doute, d'avoir jamais abrité la moindre célébrité, ou de ne jamais avoir pensé à en célébrer une.

Le chauffeur avait alors prévenu son équipe.

– Pas de moineaux, pas de circulaires dans les poubelles.

Puis, il avait désigné André et le repris de justice.

– Vous deux, vous faites tout le secteur. Je ne vous reprends qu'à quatre heures, là où je vous laisse.

Puis il était reparti, laissant Paul avec André.

– Qu'est-ce que c'est, un moineau? demanda André.

– C'est quand on jette les circulaires sur le perron, répliqua Paul.

– Tu as fait quoi? demanda encore André.

– Ça, tu ne demandes jamais ça, répondit Paul. Un vol, ajouta-t-il pourtant. Si tu passes bien toutes tes circulaires, tu peux travailler tous les jours, dit-il encore, inquiet de l'allure de l'intello.

Ils commencèrent à travailler, s'arrêtant une fois ou deux pour s'asseoir et parler. Paul n'eut jamais autant conscience ce jour-là qu'un fossé le séparait des intellectuels comme André. La douceur, les gestes d'André et surtout son langage faisaient croire, visible-ment, à Paul qu'André était homosexuel. André s'en aperçut et cela l'amusa. André se disait qu'il n'était pas du même monde, mais il se demandait toujours pourquoi il ne se trouvait pas dans le sien. Il aurait pu faire n'importe quoi, gagner sa vie, mais il lui manquait le moteur, le moteur que Paul avait encore mais que lui, André, n'avait jamais eu. Et pourtant, il aimait la vie, la nature, les livres, la musique, mais il ne pouvait se passionner pour ce quotidien qui lui paraissait si étrange. Il fit presque trois rues en songeant à tout cela et se surprit lui-même de cet automatisme.

Le reste de la journée se déroula sans incident. Paul montra à André comment refiler à un hôte compatissant une centaine de circulaires à faire disparaître.

— N'en donne pas trop à la fois: tu ne peux pas en passer deux mille dans une rue de cinquante maisons.

À la fin de la journée, les jambes coupées, ils se retrouvèrent enfin dans le camion qui allait les conduire à la station de métro la plus proche. Ils se séparèrent et se donnèrent rendez-vous le lendemain matin.

— Tu peux arriver à cinq heures et demie, mais pas plus tard, il donnerait ta place.

Le lendemain, André arriva à cinq heures. Il s'était réveillé une heure plus tôt sans pouvoir se rendormir et résolut donc de partir sans plus attendre. Il se heurta à une grille fermée. Il attendit, tout en sachant déjà qu'on n'ouvrirait pas aujourd'hui. Vers six heures, Paul arriva. Il cria le nom du petit contremaître en direction de l'entrepôt, puis dit aussitôt:

– C'est fermé. Ça ne rouvrira pas.

Il donna à André un numéro de téléphone, celui d'un autre distributeur, et tourna les talons.

Dieu te garde, Kierkegaard!

Le début du mois s'annonçait bien pour le vieux Dieutegarde. Il parvenait à vivre depuis des années dans une maison de chambres de la rue Saint-Hubert. Il touchait quelques centaines de dollars par mois de l'aide sociale, mais en donnait les trois quarts au propriétaire et le reste au dépanneur qui lui facturait un intérêt (sur une base annuelle) de près de mille deux cents pour cent, en plus d'ajouter une prime de crédit à chaque article. En fait, rien chez Julius n'avait de prix, à part la tête des clients.

Il est vrai que Julius, le dépanneur, avait bien du mal à se faire payer. Quand Dieutegarde et les autres avaient monté une ardoise trop grande chez lui, ils allaient chez son concurrent ouvrir une autre marge de crédit. Qui plus est, ils payaient le concurrent en premier, de manière à assurer leurs arrières. Julius se mettait alors dans une rage folle et engueulait le chaland jusqu'au pas de sa porte, en précisant la nature du délit.

– Fourreur, voleur, parasite! criait Julius à son client qui n'osait même pas presser le pas, comme si les injures étaient destinées à quelque autre passant.

Dieutegarde, ancien professeur de philosophie (où il avait obtenu son surnom par association d'idées avec Kierkegaard sans doute) recyclé en témoin passif de Jehovah, vendait bien quelques livres pieux à domicile, mais cela ne lui rapportait rien, dix ou vingt dollars par mois tout au plus, ce qui était pourtant beaucoup pour lui.

Et Dieutegarde avait été malade durant presque la moitié du mois précédent, ce qui fait qu'il n'avait presque rien mangé, bu ou dépensé, pour le plus grand plaisir de ses compagnons. Il faisait maigre tous les jours et se nourrissait presque exclusivement d'aiglefin, parfumant l'immeuble en permanence. Ainsi donc, il se retrouvait avec un magot pour la première fois depuis longtemps.

Le hasard décida qu'il se trouvât au rez-de-chaussée lorsque l'énorme cloche de la sonnette retentit. Il ouvrit la porte et se trouva nez à nez avec un type jeune, une casquette à l'envers sur la tête, qui se présenta comme le fils du concierge de l'immeuble voisin.

Un autre chambreur, Émile, un soûlon qui ne consommait que du cidre, mais en quantités tellement gargantuesques que tout son chèque y passait, crut reconnaître l'homme.

– Ah, oui! Le fils du concierge, celui qui joue de la guitare?

– Ouais, c'est ça, fit l'homme, accompagnant ses paroles d'un geste de la main.

Dieutegarde, mis en confiance par cette reconnaissance, lui demanda ce qu'il voulait.

– Il y a une vente de vin dans un restaurant. C'est pas loin d'ici. Ils vendent de bonnes bouteilles pour cinq dollars.

– C'est quoi? demanda Dieutegarde.

– Un restaurant qui a fait faillite, juste à côté. C'est un huissier qui habite dans l'immeuble qui m'a informé. Il n'a pas le droit de vendre, mais il ramasse de l'argent avant de faire un encan.

– C'est où? demanda Dieutegarde.

– À côté, j'y vais à pied.

Une minute plus tard, les deux hommes marchaient en direction du restaurant.

– Je m'appelle Richard, dit l'homme.

– Moi, c'est André, répondit Dieutegarde.

– Il y a du Château Margaux, du Château Laffitte et du Châteauneuf-du-Pape, dit Richard. Lequel tu veux?

– Laffitte, répondit immédiatement Dieutegarde.

Il ne buvait pas lui-même, mais l'idée d'avoir du bon vin chez lui, d'en revendre – même sans profit – aux autres pensionnaires l'avait séduit.

Arrivé sur place, Richard compta les immeubles entre la rue Duluth et le restaurant, et revint vers la ruelle en arrière des bâtiments pour compter le même nombre d'immeubles.

– Attends-moi ici, je reviens tout de suite, dit Richard.

Deux minutes plus tard, il revint.

– Il n'y a plus de Laffitte, tout est parti, qu'est-ce que tu veux?

– Margaux, répondit Dieutegarde sans hésiter.

Richard entra de nouveau dans le restaurant. Il revint deux minutes plus tard voir André.

– Voilà, c'est soixante dollars pour la caisse. Je la sors par en arrière, continua-t-il en encaissant la somme d'argent.

Et Dieutegarde attendit. Cinq minutes et une porte s'ouvrit: c'était le cuisinier du restaurant à côté. Dix minutes passèrent, puis vingt, puis vingt-cinq. Dieutegarde voulait encore attendre, mais il se dit à ce moment même que le propre de celui qui vient de se faire flouer, c'est de croire encore que ce n'est pas arrivé. Il ne s'attarda pas et rentra en silence dans sa chambre de la rue Saint-Hubert.

Table des matières